さとりをひらいた犬

顿悟的狗

[日] 刀根健 著
丁宇宁 译

中国友谊出版公司

图书在版编目（CIP）数据

顿悟的狗 /（日）刀根健著；丁宇宁译. -- 北京：中国友谊出版公司, 2024.8. -- ISBN 978-7-5057-5902-2

Ⅰ.I313.74

中国国家版本馆CIP数据核字第2024FK3040号

著作权合同登记号 图字：01-2024-1646

Satori Wo Hiraita Inu
Copyright © 2021 Takeshi Tone
Illustration © Shuku Nishi
Original Japanese edition published by SB Creative Corp.
Simplified Chinese translation rights arranged with SB Creative Corp., through Copyright Agency of China, ltd.

本书中文简体版专有版权经由中华版权代理有限公司授予北京创美时代国际文化传播有限公司。

书名	顿悟的狗
作者	[日] 刀根健
译者	丁宇宁
出版	中国友谊出版公司
发行	中国友谊出版公司
经销	新华书店
印刷	天津睿和印艺科技有限公司
规格	880毫米×1230毫米　32开 10印张　178千字
版次	2024年8月第1版
印次	2024年8月第1次印刷
书号	ISBN 978-7-5057-5902-2
定价	59.00元
地址	北京市朝阳区西坝河南里17号楼
邮编	100028
电话	(010) 64678009

如发现图书质量问题，可联系调换。质量投诉电话：(010) 59799930-601

什么是"真正的自己"?
什么是"真正的自由"?
　你不想知道答案吗?

目录

第一章
启程——倾听灵魂的声音　　// 001

第二章
北边山谷——身体·自我·灵魂　　// 037

第三章
贝伦山——看穿恐惧　　// 059

第四章
阿玛纳平原——自我的牢笼　　// 105

第五章
雷谷都森林——一往无前的勇士们　　// 147

第六章
女神查伦——原谅与治愈　　// 177

第七章
最后一战——万物为一　　// 221

第八章
乌尔姆山——真正的自己，真正的自由　　// 261

第一章

さとりをひらいた犬

启程

——倾听灵魂的声音

01

你好，我的朋友。

我是一条猎犬，名叫约翰。

我最喜欢的东西，就是主人的枪声。

那冰冷而又空洞的枪声。

那长啸破空的尖锐声响。

那枪声就是我奋起前进的号角。一旦那冰冷的枪声响起，我就会下意识地冲向前方，一刻也无法停留。

如果你要问我这是为什么。

因为，枪声过后就该轮到我出场了。

我的主人不仅要猎杀猪、鹿、熊等大型野兽，连脚力极好的野马、体型较小的狐狸兔子，甚至天上飞的雄鹰都不放过。

一旦枪声响起，我就会立马扑向负伤的猎物，用我的强大咬力给它们致命一击，然后大声呼唤我的主人。

之后，我的主人就会喜出望外地走来，给我很多好吃的干肉或其他奖励。我生命的意义就在于主人的笑容和主人奖励给我的干肉。只要有这两样东西，无论多么强大的敌人，我也能勇敢地朝它扑去。

我的主人很爱我。因为我是七条猎犬中的"队长",是跑得最快、头脑最聪明的一条,最重要的是,我是最勇敢的一条。哈哈哈。

然而……

那一天……

那一天过后,我的身上发生了翻天覆地的变化。

如果你要问我究竟哪里变了。

我正要说到这个话题。

请不要着急,静静听我道来。

那一天……我永远也忘不了的那一天……我像往常一样,跟着主人出门打猎。

一望无际的晴空中没有一丝云彩。那是个天气极好的日子。

那一天,主人在草原与森林的交界处停下了脚步,谨慎地凝望着眼前的森林。

突然,主人眯起眼睛,同时架起了猎枪。

是发现猎物了吗?

我敏锐地感知到主人的意图。

太好了。轮到我出场了。

我旋即摆好起跑姿势。

我将前腿放松屈起,同时略微抬高了臀部。接着,我把全身的力量都集中在后腿上,用后爪紧紧抓住地面。正是这个姿势让我在起跑时就能把其他猎犬甩在身后。

主人帽上的鹰羽正随风摆荡,主人手中的猎枪正瞄准猎物左右转动。

正在那时……

砰!

我最爱的冰冷枪声响起。

我一下子把其他猎犬甩在背后,朝枪声所指的方向飞奔而去。

直觉告诉我,猎物跑出草原进入了森林,就在离二者交界线不远的地方。

我全速奔跑着,把其他猎犬远远甩在身后。

今天我也一定能得到主人的奖励。

我的心中充满了优越感,像风一样奔跑着。我的心情极好。我是最出色的猎犬。

进入森林后不久,我停下脚步观察着四周。

血的味道……

周围弥漫着血的味道。

血的味道如此浓重,猎物的伤势一定很重。

我将自己的五感调整到最灵敏的状态，缓缓环视四周。突然，一个赤红色的东西从我视野左侧掠过。我立刻将视线转向那边，映入眼帘的是一大片血迹。我跑过去嗅了嗅那里的气味，接着抬起头来小心翼翼地观察着周围的情况。

世界上最危险的对手，莫过于负伤的猎物……

我跟无数强敌交过手。惨痛的经验告诉我，负伤的猎物有多么可怕。

我的眉间有一块月牙形的瘢痕。它是被白帝——一匹体型巨大的白马，据说他是西边森林的王——用前蹄踢破的。我的尾巴断了半截。它是被加尔多斯——一头身形强健的野猪，据说他是北边山谷的主人——咬掉的。我确实打败了这些强敌。这可不是我在自夸。在这附近，我的知名度颇高。

我全神贯注、高度警惕地环视着四周。终于，我看到了一串星星点点的血迹。

我的第六感告诉我，猎物就在前方……

我进入临战状态，屈下身体，绷起腿上的肌肉，露出獠牙，准备对猎物发起最后一击。

血迹延伸了五米远，消失在草丛里。草丛大概与我一样高。

我小心翼翼地进入草丛，往前走了十步左右，看到了倒在草丛里的猎物。

既不是野猪，也不是鹿……

有点像是狗，但如果说是狗的话，他又显得太大了。他的个头真的非常夸张。

我走近看了看，倒在地上的野兽像一只大型犬。他全身覆满发黑的银色毛发，体型是我的数倍。

我从没见过这么大的狗……

我停在这只倒地的大型犬身边。主人打中了一只狗吗？

这只猎物的胸口流出大量鲜血，在地面形成了一个大大的血泊。主人射出的子弹贯穿了这只大型犬的胸口。不愧是我的主人。

大型犬口吐鲜血，流血不止。他的头似乎已经不能动弹了。

他痛苦地大口喘着气，把眼睛睁开了一点。

他有一双深苍色的瞳仁。当他用这双瞳仁静静地盯着我时，我不由得感到脊背发凉。

"哦……原来是我的同伴啊……"

他痛苦的表情略微缓和了一点。让我感到不可思议的是，他的声音里竟然充满了温情。

"……"

我不知道该回答些什么。因为，你是猎物。我是来杀你的。

"别这样看着我。死亡会降临到所有动物的头上。今天轮到了我。我很高兴,是你——我的同伴——在我死前陪在我身边。你叫什么名字?"

"我……我叫约翰。"

"哦,约翰,这是个好名字。我叫达显。不过我马上就要到那个世界去了,叫什么也无所谓了。哈哈哈。"

达显咧开嘴笑了笑。

这只狗,竟然临死前还在笑?我怯怯地问:

"你……你到底是……"

"我不是狗。我是狼。狼,你知道狼吗?"

"不知道……"

"哦,是吗。狼,就相当于你们的大哥吧。"

达显虽然很痛苦,但说出的话却很是亲切。

"狼……"

这是我第一次见到狼。

达显用他那双大大的、澄澈的、深苍色的瞳仁盯着我,突然深吸了一口气,问道:

"约翰,你是……"

他在说什么?

"什么?"

我反问道。

"我是说，约翰，你是什么？"

"我……我是猎犬。"

"哦？猎犬？"

"是啊，我是猎犬。所以你刚才想问什么？"

"是吗？你是猎犬？"

"是啊！所以你到底想问什么？"

达显微微笑了笑，说道：

"约翰，你被人类'饲养'着。"

不知道为什么，"饲养"这个词刺痛了我的心。

"是……是啊！那又怎么了？"

为什么？

我身体的深处感到一阵躁动。

为什么？为什么我的身体里会躁动不安？

被饲养着？这是什么话？

为了掩饰我内心的震惊，我反驳道：

"这是什么话！"

达显没有理会我的话，自顾自地说道：

"我的生命马上就要结束了。在死前见到你，这也是某种缘分。我教你一件事。但是做不做由你自己决定，约翰。"

"什么事？"

"我们活在这个世界上，不是为了被谁'饲养'的。我们的本质是'自由'。"

什么？

我们不是为了被"饲养"而活在这个世界上的？

本质是自由？

他在说什么？

达显接着说：

"约翰，你的工作，就是杀死那些被你主人射中的猎物，然后把它们叼回去？"

"是啊。这就是猎犬的工作。怎么了？"

"这是真正的你吗？"

"什么？"

真正？

什么叫"真正"？

但就在这时，我突然想到了什么。不对，或许我早就想到过这件事。主人的枪声响起后，我就会无条件地做出反应，立刻冲向猎物。然后，我会毫不犹豫、不痛不痒、心如铁石地夺走猎物的生命。这种残酷的事，我已经做过无数次了。

兔子绝望的眼睛，母鹿努力想活下去的样子……还有白帝和加尔多斯死前接受一切的、沉静的目光……

多年来，为了不想起这些事，我给自己的记忆盖上了沉重的盖子。但这一瞬间，这盖子就像突然被掀开了一样，令我始料不及。

"听懂了吗？你来到这个世界，不是为了伺候人类，也不是为了被谁饲养。只不过在你出生的环境里，恰巧有人在饲养你。这只是一个偶然。"

"环境？"

"是的，环境。遗憾的是，你只知道这一种生活方式，不知道世界上还有很多其他生活方式。你对世界一无所知。所以，你无法用自己的头脑思考任何事。你只能在你自己极其狭小的世界里，习惯性地、机械性地、条件反射性地生存。只是生存而已。"

"你说什么！"

我对世界一无所知？

我思考不了任何事？

我习惯性地、机械性地、条件反射性地生存？

只是生存而已？

这个家伙在说些什么！

我可是约翰！杀死了白帝和加尔多斯的约翰！

"你不知道什么是真正的自己。"

达显那双苍色瞳仁里发出的光，仿佛要将我贯穿。

真正的，自己？

为了赶走心中涌起的疑窦，我对他说："那又怎样？这种生活有什么不好？你不也被我的主人打中了吗？"

"非也非也。我不是这个意思。你冷静点。那我来问一问你，你对自己杀死的猎物怀有什么恨意吗？你是为了获得生存下去的口粮，才杀死那些猎物的吗？那些猎物的生命，变成了你的生命吗？"

"没有……不过……"

"你根本不恨那些动物，却把它们杀死叼到主人面前，换取主人赏给你的狗粮……你的存在就是这么微不足道吗？"

微不足道？

就是这么微不足道？

这是很"微不足道"的事吗？

不、不、不，不是这样的。

我的工作，绝不是什么"微不足道"的事。绝不可能。如果是这样，那我又算什么呢？从前的我又算什么呢？所以，我的工作绝不"微不足道"！绝不！

我是猎犬约翰！是主人喜欢的、非常优秀的、声名在外的猎犬约翰！

"这……这是我的工作！这就是我！"

我拼尽全力地回答了他。但我总觉得自己说出的话有气无力。

"我再说一遍。我们的本质是'自由'。我们来到这个世界上，既不是为了被谁饲养，也不是为了伺候谁，更不是为了被谁利用。"

"……"

"你绝不是一个为了别人的赏赐而活的、毫不起眼的生命。我们有力量来选择自己的生活方式，按照自己的意志生存。"

自己的选择？

自己的意志？

这么说来，我过去自己选择过什么东西吗？

我一直都在别人铺好的轨道上前行……

我只是做好别人交给我的任务……

我只是不断回应着主人的期望……

我一直觉得这是正常的……

在这个过程中，"我"又在哪里呢？

"想一想吧，约翰。什么才是真正的自己。"

我？

真正的我？

什么是"真正的我"？

达显深沉的声音在我心中回荡。就像是鼓声一样，在我内心深处低沉地、有力地阵阵回荡着。

这种感觉究竟是什么？

"如果你对现在的生活方式十分满意，那再好不过了。不过，你最好问一问自己。"

"问什么？"

"现在的自己是'真正的自己'吗？你敢说'我就是真正的自己'吗？"

达显停下来，紧紧逼视着我的眼睛。接着，他又问："'这就是我。这就是真正的我！'你可以毫不犹豫地、堂堂正正地、不对自己产生丝毫怀疑地说出这句话吗？"

"这……这……"

我的内心深处有个声音：这句话……我说不出口。一瞬间，我几乎要落下泪来。这究竟是怎么回事！

"约翰，'生存'和'真正地活着'，这是两种完全不同的状态。现在的你，只是在生存而已。你根本没有'活着'。你要看到这一点。"

"我没有活着？"

达显没有回答我的问题，而是接着往下说道：

"什么是'真正的自己'？什么是'真正的自由'？你不想知道答案吗？"

真正的自己？

真正的自由？

达显说完，剧烈地咳嗽起来，口中涌出鲜血。

"你还好吗……"

我下意识地问他。这根本不是猎犬该对猎物说的话。达显眯起他那双大大的深苍色眸子，对我说："没事。我的生命很快就要结束了。没关系。我的时间可能不多了，在死之前，我要告诉你一件事。我是从北边的国度来的。"

"北边的国度……"

"是的。离这里很远。那里有我的故乡——人们都叫它'高地'。生活在那里的，不只有我们狼族，还有像你一样曾经被人类饲养的家伙——他们都是去寻找真正的自己的。只有意识到什么是真正的自己、什么是真正自由的动物，才能抵达高地。我选择的生活方式，就是四处游历，为这些家伙'引路'。"

"引路……"

"是的，引路。所以，如果我的话对你有所触动的话，那么你便已经收到了我这一生中最后的邀请函。"

"最后的……邀请函……"

"约翰，听一听'灵魂的声音'吧。"

"灵魂的声音？"

"如果你下定了寻找'真正的自己'的决心，那么就从这里出发往北走。那里有一座名叫贝伦的山。到那里去吧。"

"贝伦山?那里有什么?"

"别这么着急。做什么事都得循序渐进。你去了就知道了。"

说到这儿,达显又剧烈地咳嗽起来,吐出了一团硕大的血块。

"达显……"

我的胸口翻涌起某种灼热的东西。

这灼热的东西怂恿着我:"去!去吧,约翰!去寻找真正的自己吧!"

这就是,灵魂的声音吗?

我听到被我远远甩在身后的其他猎犬的喊声。它们正朝这边跑来。

达显用深苍色的眼睛看着我,温柔地说:"一切都是命中注定的。今天我在这里被枪打中,又在这里遇到你,这些都是命中注定的。再见了,约翰。已经到了我们必须分别的时候了。你记住,迷茫的时候,就听一听自己灵魂的声音。你的灵魂知道一切。"

"灵魂知道一切……"

"是的,千万别忘了,约翰。"

达显笑了笑,看向一望无际的蓝天。

"我要去那个世界了。我曾经活出过自己。我活出过真正的自己。我一生都在努力地为真正的自己而活。真是幸福的一生。天啊，伟大的存在啊，我感谢你们。非常，非常，感谢。"

然后，他又用那双澄澈的、深苍色的眼睛看向我。

"约翰，谢谢你愿意听我临死前说的这些话。"

说完，那双深苍色的眼睛霎时失去了神采。我意识到，达显已经死了。

刚刚还活着的达显瞬间失去了生命，变成了一件"物体"。

被我甩在身后的其他猎犬终于赶了过来。

"约翰，这家伙是什么？这狗也太大了吧！"

我的朋友哈利喘着粗气说。

"他不是狗，是狼。"

"狼……狼好大。我还是第一次见到狼。"

哈利好像发现我无精打采的，朝我问道："怎么了，约翰？这可不像你。高兴点。这都是你的功劳。他伤到你了吗？"

"没有，我没事。他没有伤到我。"

我的声音非常小，小到连我自己都很惊讶。

其他猎犬纷纷大声吠叫着，告诉主人我们身在何处。过了一会儿，主人和两名随从骑着马赶来。他们还牵着另一头专门用来驮猎物的马。

"哦？是狼？可真不赖！这附近很少有狼。这狼毛色很好，个头也大。尤其是这双苍蓝色的眼睛，真不赖。你们看他，这家伙一定是个身经百战的猛士。我能向朋友吹嘘吹嘘了。约翰，这次又是你的功劳。回去之后给你奖励。"

说完，主人对随从吩咐道："把他带回去。"

之后，主人疾驰而去，去猎杀下一头猎物。

猎犬们为了不掉队，纷纷吠叫着跟在主人身后。我跑着跑着，蓦地回头一看，那两名随从正粗暴地把达显扔上马背。

看到这一幕，我无比悲戚。

02

几周后。

我依然每天跟随主人外出打猎。不过,自从我与达显相遇后,我再也无法全神贯注地打猎了。最重要的是,即使主人对我露出了我过去最喜欢的笑脸,即使主人赏给我很多干肉,我也不再欢欣雀跃了。

我的工作越做越差,连主人都开始担心我是不是哪里受了伤,我自己也不得不承认,我不再像从前那样喜欢打猎了。从与达显相遇的那一天起,我已经彻底改变了。

我从窗户可以看到达显——主人把达显做成了标本,挂在了宅邸的大厅里。每当我看到达显的脸,每当我看到达显的瞳仁(现在,这双瞳仁已经被青色的玻璃珠取代),我就会感到胸口莫名翻涌起什么火热的东西,我就会被莫名的悲戚与焦躁所包裹。

每当我对猎物做出致命一击,我就会听到达显温和的声音不知从哪里响起。

(你对自己杀死的猎物怀有什么恨意吗?)

每当主人给我奖励时,我都会听到达显的声音。

（你的存在就是这么微不足道吗？）

啊……我该怎么办……

有一回，哈利担心地询问我的状况。哈利虑事深远，很是博学。他是我非常信赖的好友，也是猎犬队的副队长。

"怎么了，约翰，你最近很奇怪。从我们遇到狼的那次开始，你一直很奇怪。发生什么事了吗？"

哈利的观察力非常敏锐，他似乎已经察觉到了什么。

"没什么。没关系。我很快就会好起来的。"

我逞强道。不过，我的心情一点也没有好转。

有一天，我迟迟无法入眠。直到夜空染上赤色，黎明即将降临，我终于忍不住对哈利坦白了一切。

"哈利，我想跟你说件事。"

我对哈利说。

哈利正蜷着身体躺在我身边。他微微睁开眼，笑着对我说："你终于肯告诉我了。"

我一口气全都告诉他了：我与达显的相遇，以及最近一直回荡在我脑中的达显的声音。

哈利没有出声，一直在静静地听我说。听完我的故事后，他沉默了一会儿，接着缓缓说道：

"放弃吧。"

"什么？"

"我说，放弃吧。"

哈利用强硬的眼神盯着我说道。

"约翰，你想离开这里吧？"

"嗯，如果一直这样下去的话……或许迟早有一天我会离开的。"

"你觉得我们能在外面活下去吗？主人每天喂我们，我们才能活到今天。你去了外面，打算怎么生活呢？这不可能，绝不可能。"

"是吗？森林里会有很多猎物，而且……"

"森林里的确有猎物，而且我们就是猎犬。但万一你捉不到猎物，又该怎么办呢？猎物不一定总有。而且，我们猎犬一直是集体狩猎的。单打独斗是不会成功的。你明白吗？"

"但是……"

"不要但是。我们说到底只是家犬。每天在固定的时间和固定的地点，会有人拿美味的饭食来喂我们。你对这种生活有什么不满意的？只要做好了自己的工作，我们就可以轻松吃上饭。每天都是这样。生活在外面的伙伴们总是饿着肚子。他们每天都在担心自己会不会被袭击，今天能不能吃上饭。外面的世界非常残酷，弱肉强食，饿殍遍地。但这里不一样。你出去之后，就再也过不上像这里一样的好日子了。一旦出去，你就再也回不来了。你为什么非要舍弃这里轻松快乐的生活呢？"

"但是,这里并没有真正的自由。"

"自由?自由是什么?当我们做完被安排的工作后,就可以做自己喜欢做的事。这不是自由吗?这就是我们家犬的自由。'主人'就是一个大大的围栏,这个围栏守护着我们的安全。说到底,我们都是围栏里的狗。即使在围栏里,我们也有自由,不是吗?自由就是这样的东西。你有什么不满意的?只要你满足于这样的生活,不就万事大吉了吗?"

"哈利,我觉得,这不是真正的自由。"

"追求真正的自由,这本身就是错的。即使否定那些一直守护自己的人也要得到自由,这不过是一种天真的幻想。你连这都不明白吗?你追求的所谓'真正的自由',就是从这里出去,然后死亡。"

"那么,哈利,我问问你。你觉得现在的自己是真正的自己吗?你觉得自己在努力活出真正的自己吗?"

"啊?这是什么意思?真正的自己?照你这么说,难道现在的我是虚假的我吗?没有什么真正、虚假之分。我就是我。我是哈利,一条猎犬,仅此而已。你也一样。你是约翰,一条猎犬,是我们的队长。仅此而已,仅此而已。约翰,你不要再想那些没用的东西了。什么都不要想,只要做好分内的工作,你就能轻松地、幸福地、富足地生活,同时享受一定程度的自由。我说的不对吗?"

"什么都不要想……我做不到。"

"别说傻话了。你听过'无知是福'这句话吗？前任队长一直这么说。他还常说，'睡觉是福'。你还记得吗？"

"记得。但是，我从没思考过这些话的意思。"

"意思就是，知道越多多余的东西，就会越不幸，就会越痛苦。越是什么都不知道，就越幸福。越是不思考就越幸福，越睡觉就越幸福。我们不也一直过得很幸福吗？我们是不能思考的。对我来说，与其知道更多、变得不幸，不如什么都不知道、一直幸福地睡大觉。你也是。约翰，别再说那些不好的东西了，也别再想没用的事了。"

无知是福……诚然如此。直到今天，我一直都过着这样的日子。但是，我已经知道了。我知道了，在从前那个无知的我的心底，潜藏着一个真正的我。而那个真正的我一直在呼喊："不！现在的我不是真正的我！"我已经无法继续"沉睡"下去了。

"我知道了，哈利。我会再考虑一下的。"

"别做些冲动的事情。你可是我们的队长。无论是对我来说还是对其他猎犬来说，如果你不在的话，我们都会很难办的。"

"我知道了……"

我转过身去,背对着哈利闭上了眼。

达显曾经说过……听一听灵魂的声音。灵魂知道一切。

我亲爱的"灵魂"啊,你究竟在何方?

我闭着眼睛,向我的身体深处发问。过了一会儿,我的胸口开始变得温热。

是这里吗?你在这里!

我向自己的胸口——正在升温的胸口——问道。

你想怎么做?

你到底想怎么做?

请告诉我你的想法。

你想说什么?

随即,胸口的正中央燥热地鼓动起来。

这就是,灵魂的回答吗?

我对灵魂说道:"我觉得,现在的自己并不自由。是的,现在的我并不是真正的我。我想要自由。我想要成为真正的自己。"

胸口的正中央突然变得异常炽热,心脏也咚咚地狂跳起来。

这就是,灵魂的声音。

这就是,灵魂的回答。

的确，从常识来看，哈利的回答是非常理所当然的。冷静下来想一想，他的选择也是最符合常理的。但是，一旦我听到了灵魂的声音——哪怕只有一次——我就已经没有选择的余地了。

也许我的选择完全违背了常识。也许别人会觉得我是个疯子。

不对，也许我是真的疯了。但是，我已经别无选择。因为，这不是大脑的选择，而是灵魂的选择。

胸口的剧烈跃动，驱使我做出这样的选择。

我在心底里明白，这是一种超越理性的、近乎盲信的认知。

我，不得不出发！

旭日东升，主人像往常一样带着我们出门打猎。猎犬们吠叫着跟在主人身后。

我从大厅的窗户向里望去，对上了达显的眼睛。我在心中默念："达显，谢谢你。我要出发了。我要去寻找真正的自由和真正的自己。你就在那个世界里看着我蜕变吧。"

在主人的带领下，猎犬们已经跑得远远的。我也开始奔跑，不时回过头来看一看越变越小的宅邸和我自己的犬舍。与此同时，我以最高速度向前冲去。

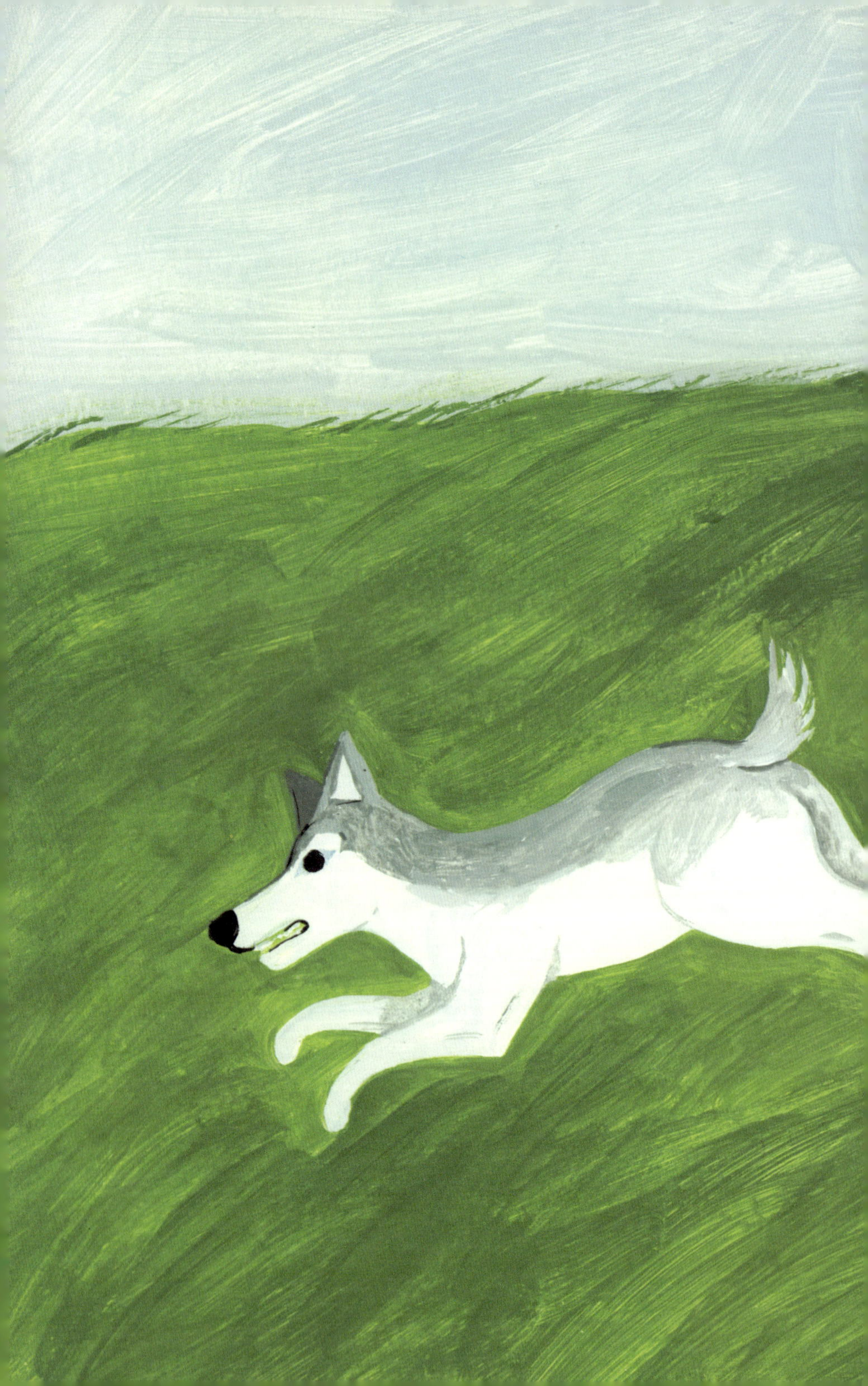

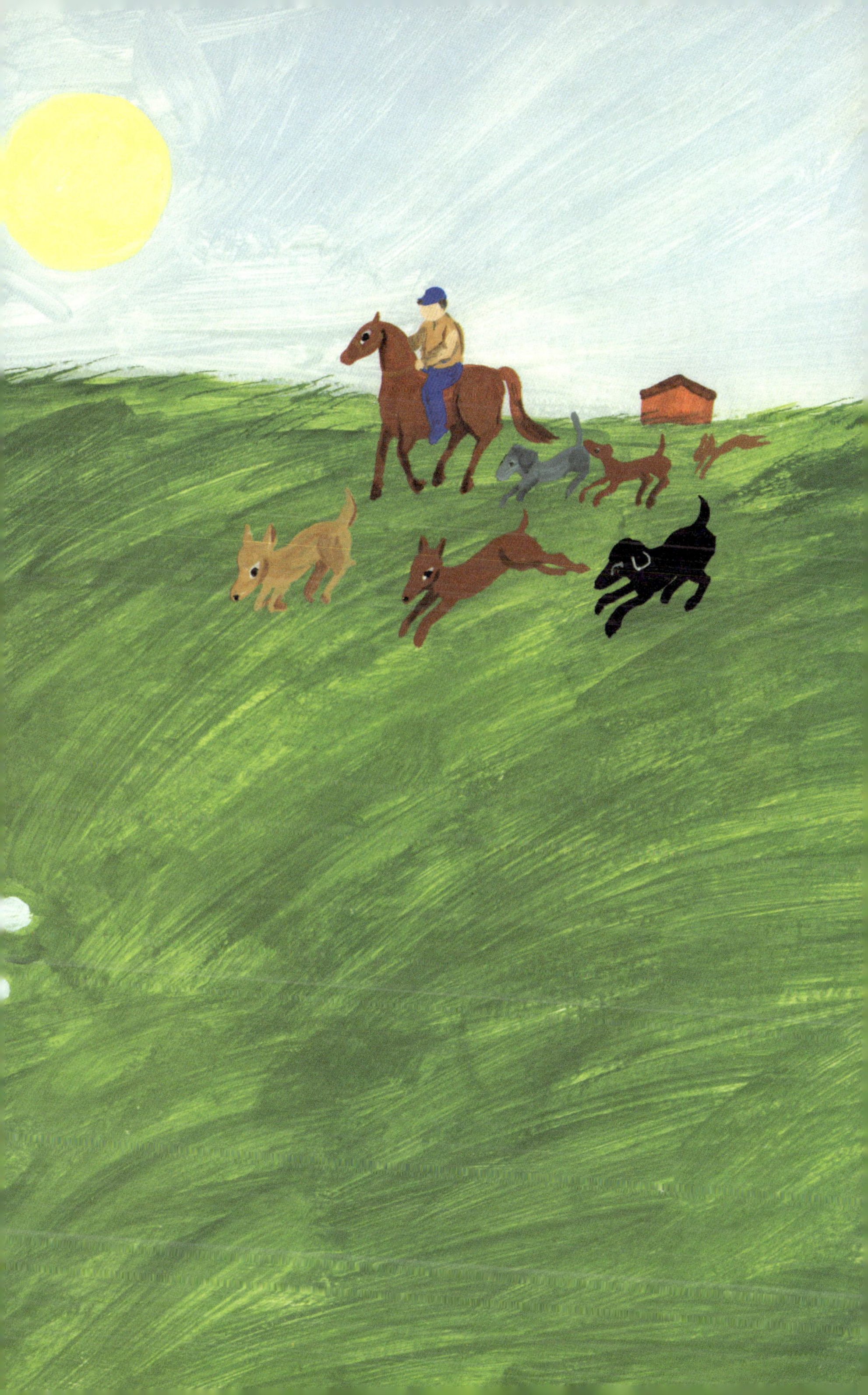

今天，我要与这个地方永别了！

今天我奔跑的状态也非常好。我的速度越来越快，像风一样奔跑着。不一会儿我就追上了主人他们，紧接着又超过了他们。

我知道自己的目的地是哪里。

北边！

我朝着北边，全速奔跑着。

身后传来了主人的叫喊："约翰！你要去哪里，约翰！"

我还听到了同伴们惊恐的叫嚷："约翰，别做傻事！快回来！"

里面也有哈利的声音。

但我没有理会这些声音。我像风一样，朝北边奔驰而去。

03

穿过森林，我已经听不到主人和同伴们的喊声。在这里，我停了下来。

"做到了！我做到了！"

我终于向真正的自己迈出了第一步。

我深吸了一口气。

清晨凛冽的空气进入我的鼻孔，又流进了我的肺里。

真是神清气爽。

森林中新鲜的气息填满了我的身体。

这是怎么了？好像有哪里不一样……

森林浓郁的气息，树木发出的响动，太阳耀眼的光芒……

我对这片森林非常熟悉。哪里有什么品种的树，哪里有小溪流淌，哪里会有猎物出没，哪里是猎物的巢穴……对从前的我而言，森林只是我的工作场所。但是，我现在置身的这片森林却与过去完全不同。我脑中的地图，好像突然有了生命般，在我眼前徐徐展开。

我非常熟悉这片森林，但它对我而言却又是全新的一样。

森林，竟然如此美丽……

阳光闪耀着。小鸟的啼鸣像音乐一样悦耳。草木的清香将我的心紧紧包裹起来。我感受着森林，与森林融为一体。

"这就是达显口中的'自由'吗？"

摆脱了束缚的自由，不用听任何人的命令、不用听任何人的指示、不用被任何人评价的自由，这就是解放。没有任何任务，没有任何职务，没有任何义务……我现在是自由的！

我微笑着喃喃自语："北边！我要去北边！"

我知道方向。我朝北边迈开了步伐，却又突然站定在原处。

"坏了！"

要想到达贝伦山，必须穿过北边山谷。

北边山谷曾被加尔多斯统治着。加尔多斯，那头身形强健的野猪，像岩石一样……我想起加尔多斯那钢铁一般的肌肉和巨斧一般的獠牙，不禁颤抖起来。我的尾巴，便是在和加尔多斯战斗的时候被他咬掉了半截。

那里太危险了。

加尔多斯凭借他勇猛的脾性和出色的领导能力，统治着野猪群和很多其他动物。他是这些动物尊敬的领袖。

很多动物都目睹了主人率领我们猎犬同加尔多斯战斗并最终把他打倒的场景。而且，给加尔多斯送上致命一击的不是别人，正是我——约翰。在北边山谷，我是打倒了他们尊敬领袖的"眼中钉"。

但是,要想抵达贝伦山,没有其他路可走……

现在的我没有任何同伴,形单影只。我只能小心翼翼地提高警惕往前走。

如果被他们发现,我就完了……

刚刚的幸福感消失得无影无踪。我一边打起十二分精神留意着周围的情况,一边赶路。

走了一会儿,我忽然感到腹中空空。

我意识到,从早上到现在,我还没有吃过任何东西。

今天的早饭我也没有心思吃,一口未动。

如果我当时吃了就好了……

也许哈利说得对。每天在固定的时间和固定的地点都能吃上饭——这种生活实在是非常轻松。今后,我将不得不自己寻找食物。

我真的能做到吗?

如果我抓不到猎物,该怎么办呢?

如果我快要饿死了,该怎么办呢?

想到这儿,我的心中充满了忧虑。

我是不是听信了达显的话,做了傻事呢?我的心中很快涌起一股近乎后悔的情感。

不过,眼下我只能自力更生了。是的,我只能靠自己了。

自由就是这样。

我给自己打着气,甩了甩头,看向周围,开始拼尽全力寻找由野兽踏出的小径。

我大约找了一个小时,终于找到一条小动物走过的小径。我决定埋伏在这里守株待兔。我隐藏起自己的身形,尽量凝神屏息,又等了一个小时。终于一只灰色的兔子跳到了这条小径上。

我小心地等待着他的靠近,直到我能够一击将其制服。兔子并不知道我正埋伏在这里等他,一跳一跳地前进着。终于,我嗖地一下飞扑过去,死死咬住他的脖子。我将全身的力量都注入下颌。过了一会儿,我感到一股暖流流过我的嘴角,又滴落于地面。兔子拼命挣扎了一会儿,接着像是放弃了生的希望一样,渐渐安静下来。我缓缓张开嘴,把兔子放在地面上。

有生以来,我第一次为了自己的生存、为了自己的口粮,而夺去一条生命。

我忍不住对兔子说:"对不住。但是,如果不吃你的话,我就要死了。"

兔子突然像受惊一样,睁开了紧闭的双眼,痛苦地说:"你真是奇怪。不管怎样你都要吃我,不是吗?算了。没关系。我要在这里死去了。我要被你吃掉了。这一定是命中注定的吧。

我的生命，就要变成你生命的一部分了。我的生命与你的生命就要融为一体了。不久之后，你也会死的。你也会被其他动物吃掉的。这个世界就是以这种方式产生连接的。这个世界就是这样构成的。没有与世界产生连接的，只有人类。你不是人类的爪牙——对我来说，这是唯一的救赎。痛快点，杀了我吧。"

说完，他又闭上了眼睛。

他说的这些，我从没有思考过。和自己的食物融为一体。生命融为一体。即使身体已经死了，生命还会继续……那我之前吃的那些东西又算什么呢？那些东西也是某个动物的生命吗？我过去杀死的猎物，现在又成了谁的生命吗？

我终于杀死了兔子，开始享用兔肉。吃着吃着，我突然感到胸口涌起了什么火热的东西。这个世界上，所有东西都是彼此连接的。生命是一种巨大的连接，也是一条奔腾的河川。我、这只兔子、所有东西，我们都是彼此连接的……

"谢谢……谢谢你……"

我的眼泪滴落下来。泪水让我的视线变得模糊不清。

这只兔子已经成了我的一部分。即便是为了他，我也必须努力活下去。这是对兔子的生命负责。或许活下去本身，就是对生命负责。

我下定了决心，重新踏上旅途。

入夜时分,我终于来到了北边山谷的入口处。

黑夜非常危险。我决定等明天天亮再进入山谷内部。

我在周围找寻能够躲藏的地方。不一会儿,我找到一处绝佳的地点——那里有探出的巨岩和茂密的枝叶,可以将我严严实实地遮盖住。

今晚就在这里休息一下吧。

很快,我便进入了香甜的梦乡。

さとりをひらいた犬

第二章

北辺山谷
―― 身体・自我・灵魂

04

好像有什么东西……

在一片月光中，我突然惊醒。

我感到了某种气息。而且，这绝不是单个生物的气息。

我把自己的所有感官都调整到最灵敏的状态，数着气息的数量。左后方有四个，右后方有五个，左侧还有两个……

我已经被包围了。

我努力让自己的感官变得更加灵敏，寻找着逃跑的方向。

右前方没有任何生物。

确定了逃跑方向后，我轻轻地把爪子落到地面上。然后，我缓缓将力量注入腿部的肌肉中，用爪子死死抓住地面。我让自己的身体充分蓄力，当蓄力达到顶点时，我发挥出全部的爆发力，狠狠蹬住地面，向右前方冲了出去。

我很快就加速到"最高挡位"，如疾风一般飞驰着。那些诡异的气息瞬间消失在我的身后。

他们是什么？

这里是北边山谷。无论发生什么，我都不会感到诧异。

刚想到这里，我又感到有某种气息来到了自己身边。

又来了……这一次，我的左边和后方各有三个，右后方有两个……

我全力朝前方跑去。

这些家伙跑得非常快……

他们追得很紧。

我一边观察周围情况，一边全速奔跑着。被月光照亮的林木瞬间被我甩在身后。虽然我一直在全速奔跑，但那些气息的数量总也不见减少。有些被我甩掉了，又有些新加入进来，他们的总数在一点点增加。

这时，我发现——

这是……

狩猎！

他们就像是想要把我带到某个特定地点一样。

过去都是我在追逐猎物，而现在，我却成了被追逐的猎物！

而且，他们追逐的方式十分高明。身为猎物的我别无选择。

指挥者很有手段！

坏了……坏了……

我被他们用极为巧妙的方式追逐着，终于，我来到了一处巨大的开阔地。

开阔地被月光照亮。在我的正前方，一行动物一字排开，正在等着我的到来。

我在开阔地的正中央停下了脚步。后面一直追赶着我的气息也次第来到广场上，露出了真容——是二十头左右年轻的野猪。

在我面前站着的动物之中，有一个足足比其他同伴大了一圈的身影。他缓缓向我走来。

"加尔多斯……你还活着？"

"果然是你。你就是当年那条狗？"

这头巨大的野猪回答道。

接着，他用厌恶的目光盯着我，发出一阵低沉的声音：

"我不是加尔多斯。我是加尔多斯的儿子，安格斯。"

我定睛看了看。果然，他的身形比加尔多斯略小了一些，但他勇猛的目光、周身像瘤子一般隆起的肌肉和头顶白色的鬃毛，都和加尔多斯一模一样。

"有什么事吗？"

虽然我已经能够想象到答案，但我还是向安格斯问道。

"你叫什么名字？"

安格斯没有回答我的问题，反而朝我问道。

"我叫约翰。如你所说，杀死加尔多斯的，正是我。"

闻言,安格斯勇猛的目光变得更加可怖。接着,他露出一副凶狠无比的笑容来,对我说:"现在,那帮耍小聪明的人类不在,你的狗朋友也不在。看起来,今天就是你的死期了,约翰。"

不,我不能死。我怎么可以死呢?我是为了寻找真正的自己才踏上旅程的。我的旅行还没有开始。我怎么能死在这里呢?

我看向四周,仔细寻找着包围网中能够突围的地方。然而,连只蚂蚁都没法从这天罗地网中爬出去。安格斯虽然看上去头脑简单,却是一个没有破绽的优秀领袖。在这种时刻,战斗的关键在于"擒贼擒王"。但安格斯似乎没那么好对付。

我的心情越来越绝望,同时包围圈也越变越小。安格斯露出一抹笑意,放话说:"我要给我家老爷子报仇了。"

说完,他以迅雷不及掩耳之势朝我扑来。安格斯巨大的獠牙被月光照亮,像锋利的尖刀一样发出凛冽的寒光。

啊!

我不假思索地朝左边闪躲,堪堪躲开了他的攻击。我的右后腿上出现了一道淡淡的血印。

安格斯虽然扑了个空,但马上转过身来,再次露出了那副令人难以招架的笑容。

"不愧是杀了我家老爷子的家伙。如果你不躲,反倒没意思了。"

接着,他再次露出锋利的白色獠牙,朝我飞扑过来。

呼!

我朝右躲去,再次堪堪避过了他的攻击。

太……太矫捷了……

就算我接着闪躲下去,也迟早会被他弄死。我必须从防守转为进攻。我必须抓住时机。

安格斯开始进行第三回合的攻击。不知道是不是掌握了我跳跃的时机,他的进攻变得愈发矫捷了。

我堪堪躲过他的攻击。终于我发现,在安格斯转身之前,他的背部就是最大的破绽。

就是那里!

当安格斯发起下一次进攻时,我要在闪躲的瞬间,在空中改变姿势。然后,在安格斯转过身来之前,我就要咬住他的背部!安格斯应该会因为我这个出乎意料的动作而暴怒不已,失去统率的能力。我就趁着这个机会逃出生天!

安格斯的第二次进攻也被我躲了过去。他狂怒起来,再次全速朝我扑来。

吼!

安格斯全速冲来,气势之大仿佛是火山碎屑流一样。如果被他扑中,我肯定不堪一击。

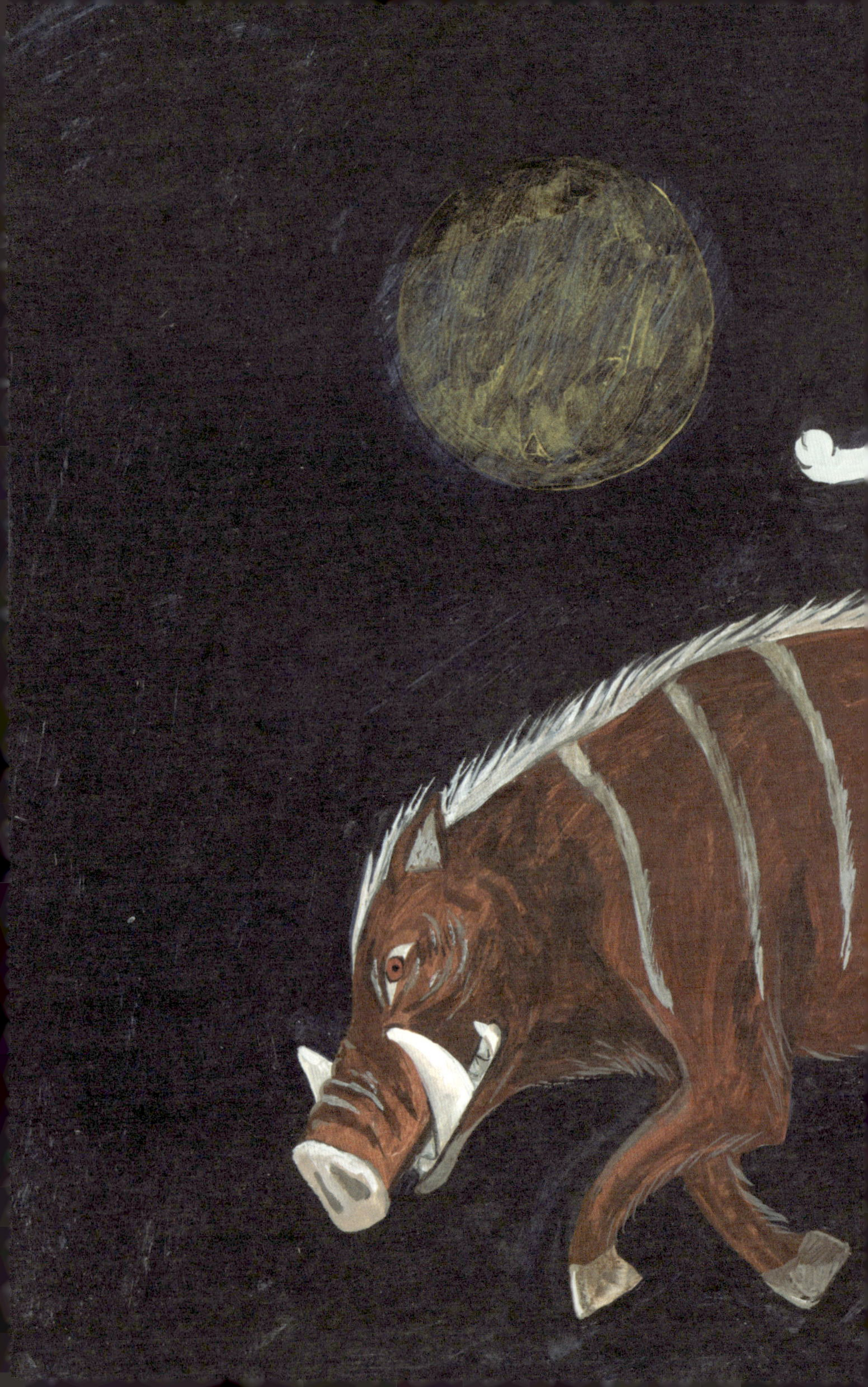

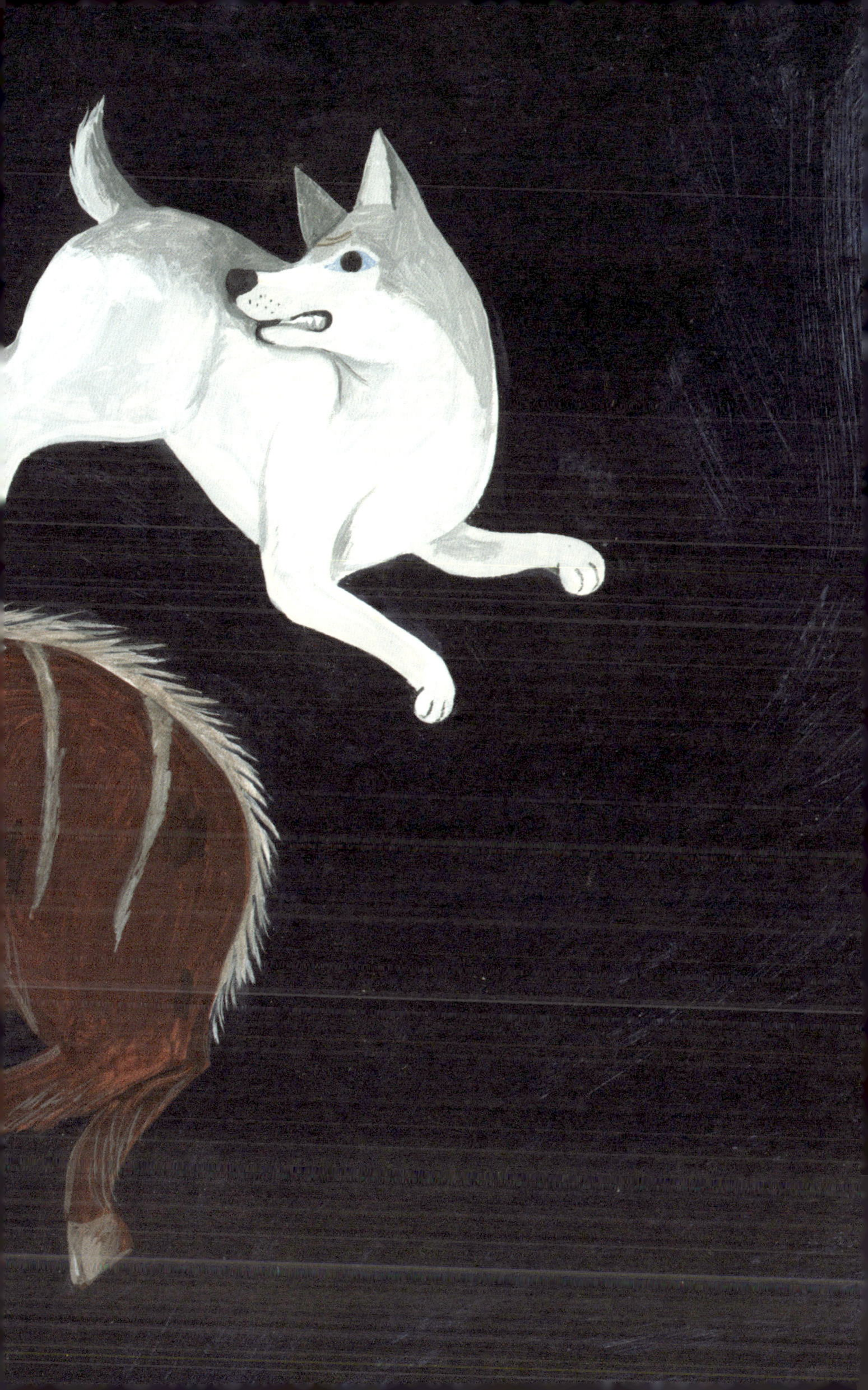

就是现在!

哈!

我用尽全力跳起,正好跳到了恶狠狠扑过来的安格斯身后。

然后,我在空中改变了方向,朝安格斯满是破绽的后背亮出獠牙,正打算狠狠地咬上去。就在这一瞬间……

"别打了!"

我听到了一阵仿若地震的咆哮。

05

我下意识地收起了獠牙,落回到地面上。安格斯也转过身来,站在原地。

周围的其他野猪也安静地朝声音的源头看去。在那个方向,一头比安格斯还要大一圈的野猪正在缓缓走来。

"科泽大人……"

"科泽大人……"

年轻的野猪们一齐低声说道。

安格斯震惊地盯着声音的主人。我也紧紧盯着那只被叫作科泽的野猪。他健壮的身躯比安格斯还要大上一圈。单从身形上来说,他或许比加尔多斯还要壮硕。

他那像瘤子一样突起的肌肉和遍布周身的条纹,都与安格斯和加尔多斯非常相似。不知道是不是上了年纪的缘故,他头顶白色的鬃毛和遮住了他威严表情的面部的毛发都被月光照亮,闪烁着银色的光辉。

这头被叫作科泽的巨型野猪看向我。

"我知道你。你杀死了我的儿子加尔多斯。"

他的声音十分低沉却传得很远,仿佛地面在震动一样。科泽对安格斯说道：

"安格斯，我不是不理解你的心情。但是，你现在进行的战斗和杀生，既没有好处，也没有意义。如果你一定要这样做，你就和人类没什么两样了。"

接着，他对安格斯投去了责备的目光。

安格斯紧咬牙关，沉默地盯着科泽看了一会儿。终于，安格斯忍不住说：

"可是，我想给我爹报仇！这个家伙和人类一起，杀死了我爹！杀了……我爹……"

说着，安格斯的眼中流出了大颗大颗的泪珠。科泽盯着安格斯，接着说道：

"我们有我们的骄傲。难道你忘了我们作为野猪的骄傲、作为北边山谷主人的誓言了吗？"

接着，他又用温柔的语气说：

"你现在的行为，遵从了你自己'灵魂的声音'了吗？"

"我……我……"

安格斯什么也没说，只是低下头默默流泪。科泽看向我，静静地说道："我要问你一件事。"

我对上科泽那双泛着银色光芒的眼睛。

"我想知道，你为什么会出现在这里。你明明被人类饲养着，为什么要在这个时间，单独出现在这个地方？"

科泽说完，探询地看着我。

"过来。"

我跟在科泽身后。安格斯现在像是被主人训斥后无精打采的小狗一样跟在科泽身后，那些一直安安静静待在旁边的野猪也跟在科泽身后。我置身于他们之间，向前走去。

我们在森林中走了一会儿，来到了一处被巨木和枝杈环绕着的、铺满了枯叶的宽阔之所。

"这里是我家。坐吧。"

科泽转过身来，面向我坐下。紧接着，周围冒出几头不知从哪里过来的野猪，他们叼来了好多芋头。

"招待不周。不过，你看起来应该很饿了吧？吃吧。"

科泽吃起了面前的芋头。

"谢谢。多谢款待。"

等到我填饱了肚子，科泽才接着问道："说吧，你为什么会出现在这里？"

我把遇到达显、离开主人的家踏上旅程等事都告诉了他。科泽望向远方，感慨地说：

"是吗，达显也……终于到那个世界去了吗……"

"你认识达显？"

"认识。我们很熟。"

科泽接着说："我和达显的友情，超过了野猪和狼的种族界限。我年轻的时候，达显还是个孩子……我们那时曾一起去寻找高地。"

"高地！"

"是的，高地。"

"翻过前面这座贝伦山，就会到达阿玛纳平原。穿过阿玛纳平原，就是高地。"

科泽说完，充满怀恋地眯起眼睛望向天空。

"高地……那是我、达显，还有像你一样意识到真正的自己的动物，是我们会去寻找的地方。寻找真正的自己的旅行……寻找自由的旅行……这就是前往高地的旅行。即使踏上了寻找高地的旅途，也并不是所有动物都能到达目的地。只有理解了真正的自己和真正的自由的动物，才能找到那里。这就是高地。"

"真正的自己……真正的自由……"

"高地……动身前往那里的动物很少，能够到达那里的动物就更少了。很多动物都会在中途迷路、犯错、消失。很多动物失去了生命，或是中途放弃，或是欺骗自己高地不过是自己的幻想。而且……而且，我也没能抵达那里。"

说到这儿，科泽缓缓看向我："如果你没有非常坚定的意志去寻找真正的自己和真正的自由，如果你没有做好很可能会失败的心理准备，那么我劝你放弃为妙。这是要拼上性命的。

你做好准备了吗?"

"是的,我已经做好准备了。我一定要去高地。"

我既然到了这里,早已无法回头了。

"我就知道你会这么说。既然你接到了达显生前最后的邀请函,那我就教给你一件有用的事吧。你一定会在之后的旅途中用上它的。"

科泽深深吸了一口气,又缓缓从鼻腔呼了出来,这才接着说道:"我们都是三个存在合成一个存在的产物。"

"三个?"

"是的,三个。三合一的存在。三位一体。这就是我们。第一个存在是我们的身体,也就是肉体。我们依靠身体才能生存。我们拥有身体,才能存在于这个世界上。身体是让我们能够活在这个世界上的'载具'。所以,只要我们活在世上一天,就得保养身体一天。我们必须精心呵护和照顾好自己的身体。我们必须吃饭、睡觉、休息,让身体能够舒适地活动。"

我想起了那只变成了我腹中之物的兔子。

"如果不倾听和遵从身体的声音,身体就会消亡。如果粗暴地对待自己的身体,身体就会出现故障,也就是生病。这样一来,我们就会消亡。这就是死亡。"

说完,科泽看向我问道:"明白吗?"

我微微点了点头。于是科泽接着说:"第二个存在是自我，ego。"

"自我？ego？"

"就以狩猎为例。哪里有猎物，如何捕杀猎物，如何保护自己不被敌人吃掉……还有，如何与同伴保持良好的关系。在处理这些问题时，自我非常重要。自我是我们生存于这个世界必备的功能。如果仅仅听从身体的声音，我们终究无法生存下去。我们必须管理自己的身体，用实际行动创造出对自己更加有利的环境。或是不断规划未来。一种为了在这个残酷的世界上生存下去而不断思考、不断行动的功能——这，就是自我。"

说完，科泽再度把凝视的目光投向了我。

"关于这一点，你也清楚了吧？"

我再次轻轻点了点头。

"第三个存在，就是……灵魂，spirit。"

"灵魂……"

"三个存在当中最难以理解，也是最容易遗忘的一个，就是灵魂。"

科泽看着我，一字一句地说道。

"仅靠身体和自我也是可以'生存'的。很多人就处在这种状态里。他们只有身体和自我，而灵魂却早已死去。"

"灵魂，早已死去？"

"是的，早已死去。肉体只是灵魂的载具。自我也不过是驾驶载具的司机。只有灵魂，才是我们的本质。"

"……"

"人类……那帮家伙把重要的东西给忘记了。所以，他们才能面不改色地夺去数不清的生命。他们只会考虑自己和自己的同伴，却全然看不见生命和世理。这也是'自我'的特点。自我只能看到眼前和自己，却看不到'整体之中的自己'。真是愚蠢。这绝不是'真正地活着'。真是令人悲伤。"

接着，科泽又盯着我说道："'生存'和'真正地活着'，是不一样的。"

达显也说过同样的话……

"我们和人类之间的根本区别就在于，我们能听到'灵魂的声音'。"

"灵魂的声音……"

"听到身体的声音非常简单。饿了，困了，这些都是身体发出的声音。听到自我的声音也很简单。如何能够获利，如何能够超过别人，如何能够取得优势，如何能够轻松实现愿望，如何能够远离自己讨厌的东西……自己、自己、自己，这些就是自我的声音。"

我……或许过去的我也是这样……

"人类是为了获得食物才去猎杀动物的吗？人类是为了供养自己的身体才杀死动物的吗？动物们进入生命的循环中

了吗?"

我的脑海中,出现了被制成标本的达显,以及很多其他动物的身影。

"不……不是……"

"人类是为了满足自我才杀死这些动物的。人类是为了互相吹嘘自己杀死了多少动物,互相攀比自己有多么强大、多么优秀。被杀死的动物都是人类自我的祭品,都成了人类自我的牺牲品。"

我一句话也说不出来。我曾心甘情愿做人类的爪牙,仅仅因为主人抚摸我两下、给我几块干肉就沾沾自喜——过去的我是多么愚蠢啊!

"我以前太蠢了……"

"开始的时候谁都是这样。灵魂的声音不是轻易就能听到的。只有积累无数经验,才有可能听到。安格斯……对安格斯来说,或许为时尚早。"

"加尔多斯……我做了对不起加尔多斯的事。"

"加尔多斯是在遵从自己灵魂的声音而战斗。他是这片山谷的主人,他知道,为了守护这片山谷而献出自己的生命是分内之事。我们无论怎么努力,都敌不过人类的武器。而且,人类还拥有着像你一样优秀的猎犬。"

"所以……"

"所以，加尔多斯被人类打倒了，他用自己的血肉之躯守护了这片山谷。加尔多斯把自己的生命献给了这片山谷。"

我无言以对。

"如果加尔多斯只听从身体和自我的声音，那么他就能逃出生天了。那天他前去迎战，这个行为本身就意味着'死亡'。我们也并不想死。我们也想自己的身体长久，多活一日是一日。但是，加尔多斯的灵魂却发出了不同的声音。于是，加尔多斯听从了自己灵魂的声音。"

科泽盯着我的眼睛。

"正因如此，你是有责任的。"

"责任……？我的责任？"

"是的，责任。你杀死了加尔多斯，还听到了达显的遗言。因此，你背负着一项重大责任——遵从自己灵魂的声音活下去。"

科泽逼视着我。

"约翰，你要做好准备。"

科泽缓缓起身，走进了里屋。

责任……

遵从自己灵魂的声音活下去的责任……

那一夜，我久久无法入眠。

第二天朝阳升起的时候，我睁开了眼，神清气爽地站起身，抖了抖身子。不知道是不是听到了这边的动静，科泽从里屋走了过来。

他回过头朝身后说："喂，你不进来吗？"

在他身后，安格斯像是被他催促着一样走了进来，表情十分复杂。我忍不住说："我对不起加尔多斯。虽然我并不认为道歉之后你会原谅我，但我真的非常抱歉。"

接着，我深深地低下了头。现在我只能以这种方式来表达自己的心情。

"我的自我告诉我，不能原谅你，必须杀了你。但我的灵魂却告诉我，原谅你吧，与你成为伙伴吧。这两个声音都是我。"

安格斯直直地盯着我。科泽说道："约翰，到高地去吧。我不知道你能不能走到那里。但我知道，前往高地的旅途本身，会给你带来无穷的意义。"

"高地……"

"你得先去贝伦山。从这片北边山谷出发，走上五天你就会到达贝伦山。"

"谢谢您。不过贝伦山那里到底有什么呢？"

"你现在即使知道答案也毫无意义。如果伟大的存在庇佑着你，那么等你到了贝伦山，就会知道答案了。"

"我明白了。那我现在就要出发了。真的非常感谢您。"

我开始朝贝伦山进发。很快,我就跑出了最快速度。我朝后一看,科泽和安格斯的巨大身影正变得越来越小。

我看着前方,自言自语道:"出发!贝伦山!"

第三章

さとりをひらいた犬

贝伦山
——看穿恐惧

06

告别了科泽和安格斯之后的两天里,我一直在朝北奔跑着。

饿了,我就挖红薯,啃树根,捡起落在地上的果子来填饱肚子。虽说夺去其他动物的生命也是"生命的循环"中的一部分,但我还是坚持尽量不去狩猎。

在我咀嚼完落在地上的果子之后,又跑了大概两小时,我突然感到周围有很多气息。

莫非,又是野猪吗?他们跟过来了?

为了不让这些气息的主人发现我已经感受到他们的存在,我边跑边高度警惕地观察着周围的情况。

一……二……三……一共有四股气息,正从我的背后追过来……

我又跑了两个小时,终于意识到,这气息中并没有"杀气"。

我找了一处安全的场所(一旦发生意外,我可以安全逃跑的场所)停了下来,转过身问道:"有何贵干?"

听到我的话,那些气息的主人先是在草丛中匍匐了一会儿,接着,似乎发现我并不会轻举妄动,于是其中一个从草丛中探出头来。

对方和我一样，也是一条狗。那条狗问："你要去哪儿？"

"我还要问你呢，你为什么跟着我？"

"因为我想知道你要去哪儿。"

他说完，其他几个气息的主人也纷纷从草丛中露出头来。一共有四条狗。从他们的目光和气质来看，应该和我一样都是猎犬。不过他们都很瘦削，毛色也并不鲜亮，似乎很久之前就离开人类独自求生了。

"你们是猎犬？"

"我们'曾经是'猎犬。"

"'曾经是'？"

"你是……'鹰之羽'的约翰？"

"你认识我？"

"算是吧……"

那条狗微微笑了笑。

我主人的帽子上插着一根长长的鹰羽，所以我们也被人叫作"鹰之羽"。

"那你呢，你又是谁？"

"我是马菲。他们几个，从右往左依次是星佳、福特和艾克，他们都是我的伙伴。"

马菲笑着答道。

"眉间的月牙，被扯断的尾巴，还有锐利的目光，你在我们这儿非常出名。我们直到一年前都一直在赤鞍那里。也许你已经不记得了，但我们还一起狩猎过呢。"

赤鞍是常和主人一起打猎的朋友。他的马鞍是赤红色的，所以得了这样一个诨号。我也和他一起狩猎过几回。一年前刚好是打败加尔多斯的时候。

"像你这样对人类忠诚又头脑简单的家伙，为什么会独自出现在这里呢？我真的很好奇。"

马菲说完，转身朝他身后的朋友笑了起来。其他三条狗也和马菲一起笑了起来。

"我要去贝伦山。"

那几条猎犬像是听到了什么好笑的事情，彼此看了一眼，开始哈哈大笑。

"有什么好笑的？"

"你是不是遇到达显了？"

那条叫福特的猎犬问道。

"是啊。"

"你也被骗了！真可怜。"

艾克嘲弄地说。

"你说什么？！"

只有星佳认真地回答我：

"贝伦山,还没有动物从那儿回来过。"

马菲也正色道:"约翰,你也被骗了。"

"这是什么意思?"

"贝伦山,你知道那里有谁吗?"

"不知道。谁在那儿?"

"约翰,你知道赤之魔兽的传说吧?"

赤之魔兽是一头巨熊。七年前,他的大名从贝伦山传到北边山谷,再到我曾居住过的那片森林和西边森林,不用说动物了,就连人类,一听到他的名字都会瑟瑟发抖。我听猎犬前辈们说起过,曾经有很多人类试图联合起来杀死他,但最后伤亡惨重,不得不放弃了这个念头。

我的主人也参加了那次狩猎行动,七条猎犬前辈当中,有五条都被残忍杀害。

"贝伦山,赤之魔兽就住在贝伦山。达显是赤之魔兽的手下,把像你一样脑子不好的家伙骗到山里,让你们成为赤之魔兽的盘中餐。"

什么?

不可能!

"你有什么证据?"

马菲自信地答道:"证据?我们就是证据。我们也见过达显。就在一年前。"

我紧紧盯着马菲。他的眼神不像在说谎。

"赤鞍对我们很不好。所以我们听信了达显的话，准备出发去贝伦山。我们想要所谓的自由。在你们打败加尔多斯以后，穿过北边山谷就变得非常困难。我们冒着生命危险穿了过来，终于来到这里。那个时候，我们还是个由八条猎犬组成的小队。"

马菲望向远方，过了一会儿才重新看向我，沉重地说："我们进入了贝伦山。但等待着我们的却是……恐惧。"

"恐惧？"

"是的。恐惧。我们本以为在和人类一起狩猎的过程中，已经积累了一定经验。我们既能团体作战，也能单独作战。然而，我们从没有经历过那样的恐惧——从前没有过，之后也没有。等回过神来的时候，小队里只剩下四条猎犬了。"

"其他四头呢？他们怎么样了？"

"第二天一早，我们很担心他们的安危，所以回到了那个地方。地面上浸满了鲜血，已经变得一片赤红。其他什么都没有。他们四个已经被那个家伙吃光了。"

我一句话也说不出来，愣愣地盯着马菲。

"约翰，你听说过加洛吧。"

"听说过。"

加洛是赤鞍猎犬队的队长。他是个完美的队长。他雄姿英发，有着强壮的身体、冷静而准确的判断、勇毅的性情。他会为了同伴而拼尽全力，堪称完美。在我们猎犬之间，加洛备受尊重，是很多猎犬努力想成为的目标。

"加洛就是在那时候死的。"

"加洛……死了？！"

我一时之间无法相信。

"是的。连加洛都无法通过那里，你不可能通过的。而且你还是自己只身过来的。前面等待你的，是恐惧，还有死亡。"

恐惧和死亡……

"我不说难听的话了。放弃去贝伦山这个想法吧。赶紧回去。回到鹰之羽那里去。你愿意成为像我们一样的流浪犬吗？我们既不想回去，也没办法回去了。"

马菲不像是在说谎。的确，我再往前走就可能被赤之魔兽杀掉。可是，如果不去贝伦山，我就无法到达高地。

怎么办？

我缓缓闭上了眼。

迷茫的时候，就听一听"灵魂的声音"……

我叩问着自己。

怎么办？

你想怎么办？

我闭着眼沉默着，于是马菲他们也沉默地看着我。

我要继续前进吗？

还是转身回去？

你的答案是什么？

如果选择了转身回去，应该能够保全性命。但那真的是我想要的生活吗？那是真正的我吗？

紧接着，我听到了灵魂发出的无法言说的答案。那是像阳光一般暖意洋洋的答案。冥冥中，我觉得这答案是"继续前进"。

是的。

的确如马菲所说，我可能会被赤之魔兽杀掉。但即使如此，这也是我选择的道路。我要相信自己的选择和灵魂的回答，无论之后会遇到什么。

"马菲，谢谢你。但我还是要继续前进。"

马菲震惊地睁大了眼睛。

"继续前进？"

其他猎犬也纷纷说："别傻了！你会被杀掉的！"

"你会死的！"

"你会被吃掉的！"

"谢谢大家。真的谢谢大家。但我还是要去。即使被杀，我也无憾。"

猎犬们哑口无言。我把他们甩在身后，大步跑了起来。

"赶紧回来,约翰!回来加入我们吧!"

我听到了身后马菲的叫声。我在心底感谢着马菲他们,但我没有回头,而是继续朝贝伦山跑去。

07

和马菲分开后的第二天。

我的眼前耸立着漆黑的贝伦山——它高耸入云,宛如一面巨墙一般。贝伦山被铅色的凝重气息笼罩着,仿佛在劝退来者一样。

那个赤之魔兽真的在这里吗?

"接下来就是……"

我抬眼向上望去,在我视野中的一角,森林中一棵巨大的楠木格外显眼。它高约五十米,高大得令人惊异。周围的其他树木在它的衬托下都显得像杂草一样渺小。我感到那棵楠木似乎在朝我招手。

那我就先去那里看看吧!

我完全没有考虑那里有什么东西,像飞蛾扑火一样,朝那棵楠木人踏步跑去。我跨过山石,穿过草坪,裁过枯木,一点点靠近那棵楠木。在离它还有一百来米的地方,我突然感到一阵莫名的气息,停下了脚步。

这……这是什么?

楠木周围显得黑暗而沉重,像是不断沉入地下一样。我如遭电击。

那里有什么东西……莫非,是赤之魔兽?

我瞬间汗毛倒立。

我的心脏扑通扑通地跳起来,足尖也感到阵阵凉气。

我应该往前走,还是应该回去?

我再次闭上眼睛叩问自己,答案还是同上次一样。

我的自我说,逃跑吧。但我的灵魂却说,往前走。

你要做好准备……

科泽的声音在我心中回荡。

我走到下风口,蜷起身子,小心翼翼地一步步轻轻接近楠木。离楠木越近,空气就愈发沉重,我的呼吸也更加困难。楠木周围的重力就像正常情况的几十倍一样。

"这就是……这就是恐惧……"

楠木上有很多节疤,它像是某种巨型生物一样,威压、统治着周围的一切。巨大的黑色树干不断散发出看不见的能量,把周围染成了黑灰色,让人看不清最重要的楠木本体。

我鼓起勇气向前踏出一步。我的脚步非常沉重,几乎无法向前迈进。我的肺像是被铁板夹紧一样,几乎无法呼吸。终于,我来到了距楠木三十米远的地方。我的耳朵像是被堵住一样,连鸟鸣声都无法入耳。我几乎要被周围的空气压碎了。我握紧了爪子，隐藏在草丛中观察着眼前的楠木。

除了楠木以外，我什么也看不到。树干足足有十多米粗。这也太大了！我感到从树干的另一边传来某种巨大的压力。

我怀着最高程度的警戒心，轻轻绕过树干。等我转过来后，看到了树后某种动物的毛发。

赤之魔兽！

我听说，赤之魔兽的赤黑色刚毛，连人类的子弹都能反弹回去。而我眼前的毛发和传闻中赤之魔兽的毛简直一模一样！我的爪子颤抖起来。

我要……我要被杀了。

拿出勇气，拿出勇气来！

我鼓足勇气，接着蹑手蹑脚地环木而走。

走了几步后，我看到了那动物的后爪。毫无疑问，那是一只熊爪。而且，我从没见过大得如此骇人的熊爪。

接着，我看到了像巨木一样的手臂和黑色的巨爪，还有被赤黑色刚毛覆盖的巨大身体。

等我回过神来，我突然发现自己已经站在了这个巨大怪物的眼前。

我的爪子像是被下了咒一样，一点也抬不起来。

动……动弹不得……

我看向怪物的脸，他闭着眼睛。睡着了吗？

不……不可能，这不可能。他肯定早就注意到我的存在了。

怪物的胸部缓缓起伏着。怪物仅凭胸腔的缓缓起伏和沉重的呼吸声，就完全压制住了我。

动……动弹不得……

我的爪子像是被冻住了一样，完全无法活动。

正在这时，巨熊慢慢睁开了眼睛，就像是早已知道我来到了他的面前一样。

那里是，一片漆黑的洞。

洞……

毫无感情的黑洞。

无底的黑洞仿佛要把我吸入其中。

死亡……

死亡！

赤红的血沫，尖叫着被撕成两半的马和狗的肉块，还有被血染红的大地……

马菲说过的话，还有从猎犬前辈那里听到的无数恐怖光景，无比生动地映在我的脑中。

逃跑！逃跑！

可是，我的爪子像是被冻住一样动弹不得。巨熊用他那黑洞一样的眼睛将我困在原地。

拜托！赶紧动起来！

动起来！

快动起来！

我拼命朝自己的爪子命令道。突然，我的爪子像是被解除了诅咒一样，重新变得充满力量。

太好了，我要马上动起来！

我用尽了全身的力量，背朝巨熊逃去。

我不想死！

如果被他追上，我就会被他杀掉！

快！快！快跑！

跑！

跑！

快逃跑！

我拼尽全力地跑着。

不知道跑了多久，也不知道跑到了哪里，等我稍微冷静些回头看时，楠木已经变得很小很小了。幸运的是，我既没有看到巨熊的身影，也没有感受到他的气息。

得救了……

我调整着凌乱的呼吸，无力地坐在地上。

"那是，赤之魔兽……"

轻松感和脱力感包裹着我,我的疲惫喷涌而出。等回过神来时,太阳已经开始西斜。

今天就在这附近休息吧。真是辛苦的一天。

有生以来,我第一次感受到这样的恐惧。即使和加尔多斯针锋相对、和白帝战斗的时候,我也从没有像今天这样恐惧过。我那时只觉得他们是很优秀的对手。

但是,这头巨熊……

他和我完全不在同一个层次上。我可以瞬间像虫子一样被他踩死,他是异次元一样的存在,是完全不同量级的恐惧。

火红的夕阳将山上的林木映衬得无比壮观。我却无暇观赏这片美景,很快进入了梦乡。

第二天一早,在日出前的一片苍茫中,我睁开了双眼。我站起身,微微颤抖着。

该怎么办才好呢?

赤之魔兽的老巢就在楠木旁边。

昨天发生的事突然涌上心头。

那种压迫感、威压感,还有那吞噬一切的无底洞般的眼睛……只是想一想这些东西,我的爪子就会瘫软下来。我也曾与无数强敌战斗过,这还是我生命中头一次如此恐惧。当我见到了与我完全不同层次的"绝对力量"时，我突然感到自己是多么渺小的存在，渺小得令人难堪。

传说中的赤之魔兽竟然会出现在这儿……我真是倒霉。

难道真如马菲所说，达显是赤之魔兽的手下？

我重重甩了甩头，打消了这个念头。

不可能。那时达显的眼睛是真诚的。他在死前说谎没有任何意义。而且，科泽也……

但是，连那么厉害的加洛都瞬间被他打倒……

会不会达显和科泽都不知道赤之魔兽竟待在这里？

会不会赤之魔兽是最近才搬到这里来的？

一定是这样。

不，不对。他们肯定是知道的。

这么重要的信息，他们不可能不知道。

"去了，就知道了。"他们不是这样对我说的吗？

所以我来了，然后遇到了赤之魔兽……事情就是这样。

那么，接下来该怎么办呢？

要回去吗？

回到科泽那里，问问他"我该怎么办"？不对，我感觉自己不应该这样做。

那么，要前进吗？

再次走到那里去？

不行不行，我还是应该避开那里。

我会被杀掉的。

那么，从哪条路过去呢？

根本就没有其他路。

我的心中一直回荡着同一个想法。等回过神来抬头看时，我发现整座贝伦山都被那头赤之魔兽的威压感所笼罩，变得乌黑沉重，满是不祥之兆，几乎把我裹挟其中。

啊……

怎么办……

达显和科泽说，去贝伦山吧。可是，贝伦山住着赤之魔兽。一旦过去，我肯定会被杀掉的。

虽然我曾对马菲说"即使被杀，我也无憾"，但我还是对被怪兽杀死充满了恐惧。然而即便如此，我也不想转身回去，成为像马菲他们一样的野狗……而且我也无法回到主人身边去了。

我的心七上八下，总也拿不定个主意。当然，我也无法爬上贝伦山。更重要的是，我害怕那沉重的威压感，甚至无法靠近贝伦山。即使我闭上眼睛，想听一听灵魂的声音……

好可怕！

我不想死！

自我的哀号声实在太大，我完全没法听到灵魂的声音。

我反反复复想着这些,不知不觉已经在贝伦山脚下徘徊了五日之久。

在第五天夜里,我实在疲惫不堪,进入了梦乡。虽然我这几天里一直没有激烈运动过,但我还是非常疲累。酣睡了一会儿之后,我突然听到了一阵说话声。

"喔,约翰!"

我震惊地环视四周,周围却一个动物也没有。但我却能听到它的声音。

"你到底想怎么做呢?"

我听过这个声音。

"啊,达显!你是达显吗?"

我猛地起身。

这充满暖意的问话,正是达显的声音。

"为什么不去贝伦山呢,约翰?"

"那里住着赤之魔兽。我去了就会被它杀死的。我不知道该怎么办才好……"

"哦?是吗?赤之魔兽……那家伙的确很难对付。"

达显的声音中满是事不关己的冷漠。

我顿时火冒三丈:"你这是什么意思!加洛和马菲就是听了你的话才来到这里,才会被那头怪兽袭击!你知道吧!加洛已经死了!"

达显的声音悠悠地答道:"那是他们的选择。"

"选择?"

我抬高了尾音,挑衅似的反问。

达显没有回答我的问题,而是平静地说道:"约翰,我要告诉你。这件事,做与不做,都是你们的自由。"

"什么?"

"你现在被恐惧与不安困住了。"

诚然如此。达显说得不错。

"如果你认为现在的状态就是你想要的'真正的自己',那么你保持这种状态活下去就好了。这种状态就会变成真正的你。不过,如果你认为背负着恐惧与不安而生活的自己是'虚伪的自己',那么,你就要勇敢地面对这个'虚伪的自己'。不能逃避。"

"面对……?"

"是的。你越是逃避,恐惧与不安就越会紧追不舍。你迟早会被它们追上,到那时,'虚伪的自己'就会取代真正的自己。"

"……"

"约翰,拿出勇气来。面对自己,审视自己。然后,看穿自己。和'虚伪的自己'正面对决。你只有这一条路。只有了解自己，你才能找到出路。"

说完，达显的声音消失在黑暗当中。

我还想跟达显再多聊一会儿，竖起了耳朵听着，但什么也没有听到。

次日早上，我醒来后想起了昨晚发生的事。

那是个梦吗？

面对自己，审视自己，看穿自己……

直面自己的恐惧和不安，与它们正面对决……

直面"虚伪的自己"，与它正面对决……

只有了解自己，才能找到出路……

我在心中把这些话反复咀嚼了无数次。

之后，我睁开了眼睛。

"除了前进，我别无选择。"

在耀眼的朝阳下，我怀着必死的决心，朝那棵巨大的楠木跑去。

08

跑了半日后,我再次见到了那棵巨型楠木。它粗壮的树干四周长出形状奇特的根,树枝呈放射状向四面疯长,每根树枝都像是拥有自己的独立意志一样。树枝上生出无数小枝杈,小枝杈上又冒出无数树叶。而树干的中央,则源源不断地涌出那种极其沉重的威压感。

在……那里。

那种气息,毫无疑问就是恐惧的源头——赤之魔兽的气息。

我还想和上次一样,绕到下风口接近这头怪物。但我瞬间放弃了这个想法。

没用的。结果都一样。

无论我耍什么小把戏,都逃不过这家伙的法眼。

既然这样,我还是从正面过去吧。

毕竟,这是我与恐惧、不安,还有"虚伪的自己"之间的正面对决。

我又向前跑了一会儿,来到离巨型楠木仅有数百米的地方。

从这里可以看清楚整棵楠木，也可以看到盘踞在粗壮树干正中央的巨型动物的身影。

果然，它就在那里……

它的体型相当庞大，从数百米开外也能清晰地辨别出它的样貌。

我的心中开始刮起一阵名为"恐惧"的狂风。

猎犬前辈们讲述的凄惨的传说，加洛和他的同伴们悲惨的死亡……

然而，我却不能逃跑。我已经放弃了逃跑的念头。我不想继续过那样的生活。那不是真正的我。

我一点点靠近楠木。那巨大的身影愈发清晰起来。果然，一头巨熊正坐在那里。即使他一直坐着，他也比我过去见过的最高的棕熊还要高。

如果他站起来，恐怕得有十二三米高吧。传说中，它亦黑色的刚毛连人类的子弹都能反弹回去，他只要挥一挥那巨木般的手臂和锋利的黑爪，就能把骏马和人类都撕成两半。

我的脑海中浮现出这些凄惨的场景，恐惧让我的四爪开始颤抖。我定在了原地。

我做不到，我做不到，我会被杀掉的！

我心中的恐惧叫喊着。

快逃，快逃，快逃！

只有活下来,才有以后。

现在逃跑还来得及,赶快离开这里!

紧接着,像是要压制住这些声音一样,我对自己说道。

不许逃跑!

不要逃跑!

如果逃跑了,不是重蹈覆辙了吗!

直面恐惧,和它正面对决!

和"虚伪的自己"决一死战!

前进!

往前踏出一步!

即便是这样,我心中恐惧的声音也并没有停止对抗。

你在说什么!

逃跑,逃跑,逃跑!

不能逃跑!

前进!

往前踏出一步!

我闭上眼在心中默默祈祷了一会儿。之后,我强行用勇气压抑住恐惧,一步一步往前跑去。

终于,我离楠木只有五十米远了。我已经能清晰地看到巨熊的面孔了。和上次一样,他依然紧闭着双眼。

他肯定注意到我了。我只能继续向前!

我拖着颤抖不已的爪子,鼓足了勇气往前踏出一步又一步,缓慢而又坚定地接近着那头巨熊。

还有三十米,二十米,十米……巨熊已经近在咫尺。

巨熊散发出的威压感,仿佛让周围的重力增加了几十倍都不止。

还有三米……

巨熊依然闭着眼。

我紧紧盯着他的脸,怕他什么时候突然睁眼。

我盯着他看了几分钟。不过,它一直一动不动。

接下来,该怎么办呢?

虽然我已经成功到了这里,但我从没考虑过来到这里之后我该怎么办。我的脑中一片空白。

我又在原地站了一会儿,逐渐习惯了周围沉重的气氛。巨熊的威压感越来越弱,我的呼吸也恢复正常。氧气恢复了供给,我的头脑也重新开始工作了。

要不我和他搭话试试吧,可他会不会突然起身攻击我呢?

不……他真的睡着了吗?

如果他根本没有睡着,那么它打算怎样对付我呢?

在赤之魔兽睁眼之前,我要一直在这里等。

我决定耐心地站在巨熊面前。

巨熊闭着眼睛,一动不动。

我几乎感到时间已经流逝到了尽头。突然,巨熊毫无预兆地睁开了眼。

他用那两个黑色的无底洞般的眼睛盯着我。

啊!

我几乎要被拖进那无底洞中。不过,我还是将全身的力量注入四爪之中,紧紧抓住地面。

巨熊用他黑洞般的眼睛盯着我看了一会儿,终于,他用那来自地底般低沉的声音对我说道:"你……"

如果世界上有恶魔或者大魔王的话,它们的声音一定也是这样。

他的表情中没有一丝情感。

"你……打算站到什么时候?你找我有什么事?"

我想要回答些什么,可我的嘴唇却只是无意义地开合着,没有发出半点声音。

"……"

巨熊不再开口,只是用那两个黑洞继续将我吸入其中。

冷静,冷静……

我深吸了一口气,让新鲜的空气流入我的肺部和脑中。因恐惧而缺氧的头脑和细胞得到了氧气的供给，终于恢复了些许理智。

"……高……高地……我想去高地……"

我用尽全力，终于说出了这几个字。

成功说出一句话之后，我稍微放松了些，继续说道："……我……我希望您能告诉我……去高地的路……"

巨熊端详着我："为什么要去高地？"

那低沉的声音，仿佛来自地狱里的判官。

我鼓起勇气答道："我……我肩上有责任。所以……所以我非去高地不可。"

巨熊突然换了一副表情，黑洞深处闪烁出一线光芒。

"你说的'责任'是什么？"

我继续鼓起勇气答道："达显把这里的事告诉了我，我对他有责任。加尔多斯听从了自己灵魂的声音，结果却被我杀死，我对他有责任。最重要的是，我对自己灵魂的声音、对真正的自己负有责任。"

"你知道我是谁吗？"

"知道。你是赤之魔兽吧。"

巨熊不满地哼了两声。

"我的名字是佐巴乔。"

佐巴乔缓缓站了起来。他的体型十分巨大，从下往上看甚

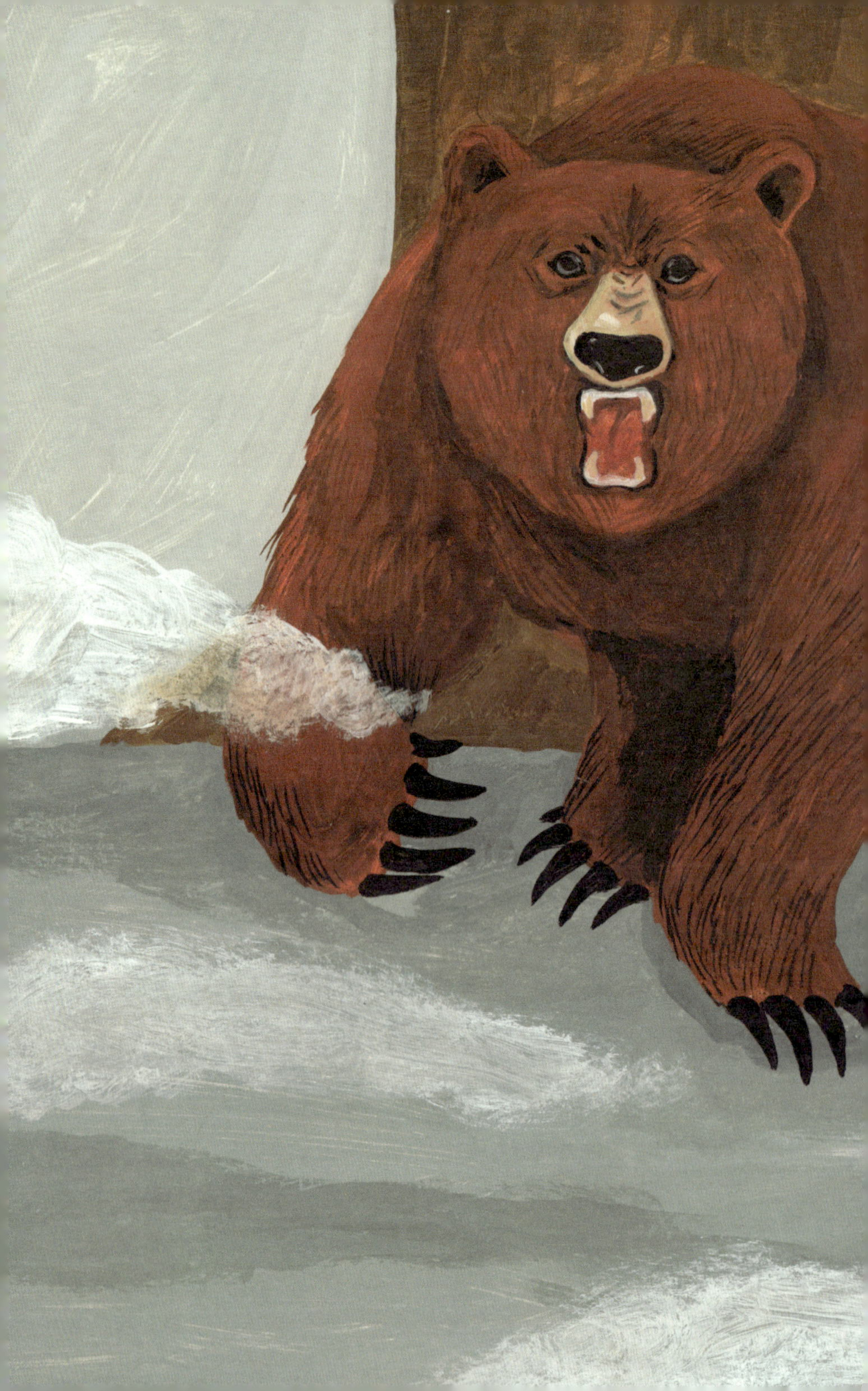

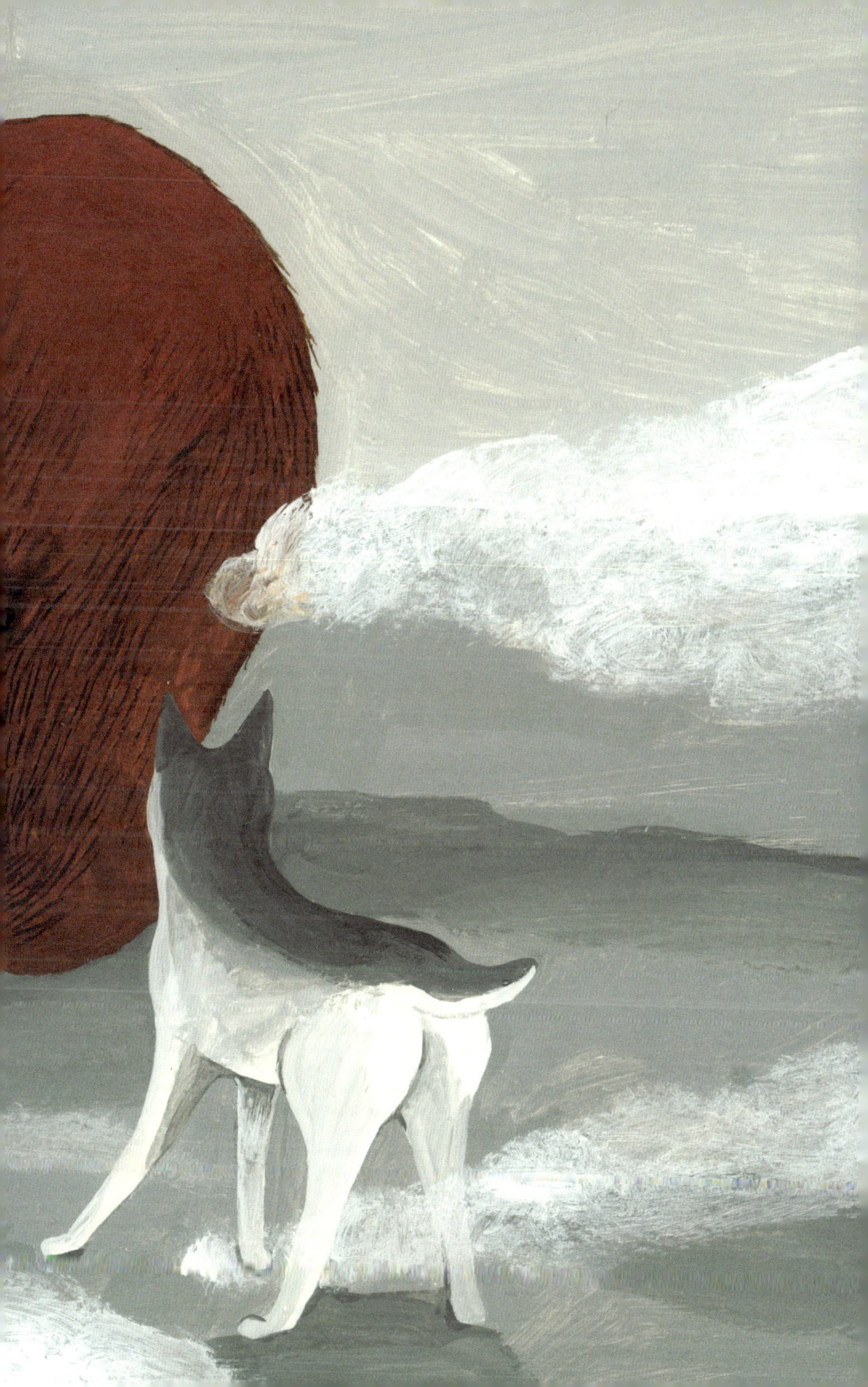

至看不到他的脸。

佐巴乔从离我头顶很远的地方对我说:"你的名字叫什么?"

"我……我叫约翰。"

"约翰,跟我来。"

他一步步往前走去。

我也下定决心,跟在佐巴乔身后往前走去。

09

佐巴乔头也不回地往贝伦山上爬去。这条路平常恐怕也只有佐巴乔才会走,路上完全没有其他动物留下的气息或痕迹。这是贝伦山之王走出的路。

我们穿过茂密的丛林,又往上爬了一会儿,终于来到一处山丘——从这里望去,周围的所有景致一览无余。

远处依稀可以看到北边山谷。现在日头已经西斜,我们无法看得更远,如果是天气晴好的时候,大概连我曾经居住的那片森林也可以望到。

接着我注意到,在这片山丘的正中间,立着一棵巨人的楠木——虽然没有刚刚那棵那么高大。在它的树枝下面,铺着一片落叶枯枝,看起来十分舒服。佐巴乔大概很喜欢楠木。

佐巴乔走到楠木下面,转过身静静地坐了下来。

"坐吧。"

我遵从他的指示,也在落叶枯枝上坐了下来。落叶和枯枝就像坐垫一样,软硬度刚刚好。

佐巴乔沉默了一会儿,盯着我的眼睛问道:"对你而言,最重要的东西是什么?"

我实在想不到他竟会问出这样的问题，困惑了一阵才回过神来。

这个问题非常关键。

最重要的东西……

我叩问着自己的内心。然后，我把心中浮起的感觉转变成了语言，答道："现在对我来说最重要的东西，就是'真正的自己'和'真正的自由'。我为了寻找它们才踏上的旅途。"

佐巴乔听完我的答案，脸色终于舒缓了一些。

"原来如此。怪不得你会重新回来找我。"

他喘了口气，接着说："如你所知，我从前被叫作赤之魔兽。不过，我一次也没有这样称呼过自己，是别人擅自给我起了这个诨号。"

佐巴乔的笑意中似乎蕴藏着几分不满。他盯着我的眼睛看了一会儿，缓缓开口道："和我见过面的动物，他们大多在下面两条路里选了一条。或是在恐惧的驱使下挑战我，或是在恐惧的驱使下逃跑。换句话说，或战或逃。"

"或战或逃……"

"对那些要挑战我的动物，我是不会手软的。无论他们有多么怕我。这是我对对手的礼仪。强者获胜。所谓一决胜负，正是这个意思。"

说完，他抿起嘴，鼻孔不断往外喷气。

"那些逃跑的动物,我也不会去追他们。因为胜负已分。"

原来如此。佐巴乔并不是恐怖的赤之魔兽,而是孤高的"斗士"。

佐巴乔说话时,眼睛熠熠生辉,充满了力量、自信与威严。这双眼睛和先前毫无感情的黑洞截然不同。

佐巴乔似乎敏锐地察觉到了我的想法,说道:"在了解到对手的意图之前,我会把自己变成'无'。"

"无?"

"是的,'无'。这是战斗的最强境界。在观察到对方意图的一瞬间,我可以用最快的速度,做出最合适的反应。无须思考,也毫无感情。在战斗当中,思考和感情只会是一种累赘。而你之前看到的,正是我的'无'。"

我的大脑似乎理解了佐巴乔的话,可我的情感却还没能理解。

"理解不了也很正常。因为我也是花了很长时间、做出了很大牺牲,才达到了现在的境界。我就是'无',所以,我的对手不得不直面'自己'。"

"自己?"

"是的。我是'无',所以,我也是一面'镜子'。因此,站在我面前的动物,就是在直面自己。"

我回想起站在佐巴乔面前时,感受到的那种强烈的威严、压力,还有那无法言说的恐惧。

"你感受到的恐惧,就是你自己。你的内心变成了一面镜子,把它照了出来。你感受到的恐惧,是你自己创造出来的东西。"

"我自己创造出来的……?"

那种恐惧,是我自己创造出来的?

不可能。那一定是真正的恐惧。

"你一定是在想,'不可能。那不是我自己创造出来的',对吗?"

我的心理活动完全被他看透,轻轻点了点头。

"你回忆一下,那个时候,我都做了些什么呢?"

我仔细地回想了一下初遇佐巴乔时的情景。佐巴乔正坐在那棵巨型楠木底下。我绕过树干走了过去,佐巴乔一直闭着眼。在他睁开眼与我四目相对的瞬间,我便在恐惧的驱使下跑开了。

佐巴乔什么也没有做,他只是看了我一眼而已。

"……"

"对吧。我什么也没有做。我只是睁开眼看了看你。仅此而已。可你却跑开了。"

的确如此。佐巴乔什么也没有做。然而,我却感到了恐惧,转身逃跑。

为什么?

佐巴乔没有做出任何一点要攻击我的动作。我为什么会感到恐惧呢？

"就像我刚才说的……我就是'无'，所以，我也是一面'镜子'。深藏在你心中的恐惧出现在了你的眼前。那时，你的大脑在想些什么？你的脑中出现了怎样的画面？"

那时的我在想……

被杀掉，我不想死，跑！

这些句子占据着我的大脑。

而且，传闻中凄惨的画面清晰地映射在我的脑中。

"那些完全是你在自己大脑中创造出来的，名为恐惧的幻想。我只不过是一面镜子而已。你对你自己创造出的恐惧感到恐惧，所以才会逃走。"

"对自己创造出的恐惧感到恐惧……"

"你第一次见我是几天前的事？"

"五天前。"

"已经过了五天了吗……那在这五天里，你都做了些什么？"

我想起，在见到佐巴乔之后的五天里，我一直因恐惧而战栗，在贝伦山附近徘徊。

"什么……什么也没做。我一直在原地打转。"

"是吗？这五天里，你一直被自己创造出的名为恐惧的幻想所支配，并且在这'名为恐惧的幻想'的驱使下，做着毫无意义的事情。这五天里，你可曾听到灵魂的声音？"

"没有……完全没听到……"

"让我来告诉你吧。有几样东西，会阻碍你倾听灵魂的声音。其中之一，就是恐惧。"

"恐惧……"

"是的。你灵魂的声音完全被恐惧所掩盖了。你心中的恐惧掩盖了灵魂的声音，控制住了你，让你战栗，让你什么事都做不了。背负着恐惧、被恐惧支配而活，无异于过着奴隶般的生活。"

我想起了马菲他们。那四条狗被恐惧囚禁，进退两难，成了游荡在贝伦山附近的野狗。

恐惧的奴隶……

我在过去的几天里，竟不知不觉间沦为了恐惧的奴隶！

"恐惧是奴隶的牢笼。很多动物一生都被困在自己的恐惧之中。不对，应该说，一生都被困在自己恐惧之中的动物才是大多数。竟然有这么多动物都主动选择成为奴隶！世上有好奴隶也有坏奴隶，但不管怎么说，他们都是奴隶。"

我想起了哈利。

他认为外面的世界是弱肉强食的世界，所以不愿到外面生活，只能在主人建起的围栏内，安全地生活下去……睡觉是福……无知是福，恐惧的牢笼……奴隶的一生……

"根本就不存在恐惧。"

"不存在恐惧？"

"恐惧和危险不同。"

"这是什么意思？"

"'危险'，你只要在'此刻此地'处理好就万事大吉。而害怕危险，担忧未来，对未来感到不安，从而在心中制造出一个幻象，这才是恐惧。所以，世界上原本并不存在恐惧。它不过是幻想而已。出现在你面前的只有危险，而不是恐惧。很多动物并不是因为'危险'，而是因为自己制造出来的名为恐惧的幻想，才会一直对未来充满畏惧。他们没有意识到，恐惧是自己制造出来的幻想。生活在恐惧之中，无异于生活在幻想之中。看清幻想、看穿幻想，这正是迈向真正的自己、迈向真正的自由的第一步。"

"真正的自由……"

说到这儿，佐巴乔注视着我的眼睛："你为什么要回来？为什么又要回到我这里来？"

"在第五天的晚上，不知从哪里传来了达显的声音。他对我说，要直面自己的恐惧、不安，以及'虚伪的自己'。要和它们正面对决，看穿它们。"

"是的。恐惧并不是真正的你。我已经说过无数次，那不过是幻想而已。那么,你知道与名为恐惧和不安的幻想正面对决的力量以及战胜这种幻想的力量,究竟是什么吗?"

我沉默着。佐巴乔缓慢而坚定地说:"是'勇气'。"

"勇气……"

"是的。勇气。心怀勇气的动物,我们叫他'勇者'。"

他笑了起来:"达显的声音……原来如此。这像是那家伙会说的话。你听到了达显的声音,用勇气克服了恐惧、不安,还有'虚伪的自己'。"

"你认识达显吗?"

"认识。我们是老相识了。不过,你听到的并不是达显的声音。而是你自己灵魂的声音。"

灵魂的声音……是我自己灵魂的声音?

佐巴乔又问道:"……达显他……死了吗?"

"你怎么知道?"

"如果那个声音真的是达显的,那么他一定和你一起来到了我这里。达显不会多管闲事,但他会一直陪在你的身边。那家伙总是这样。现在,达显没有出现在这里,说明那家伙出事了。"

我将达显临死前的事统统告诉了佐巴乔。

"那家伙也到那个世界去了啊……不过,他这一生没什么可后悔的。出生，变化，然后消逝。这个世界上所有的存在，无一例外，迟早都会到那个世界去。我也是，约翰你也是。"

佐巴乔如是说道。此时，太阳已经完全落到地平线以下，满天星斗在夜空中闪烁。佐巴乔望向远方。

繁星闪闪欲坠。一颗流星像是偷听到了我们的谈话一样，悄然划过夜空。

佐巴乔沉默了一会儿，瞥了我一眼，轻快地说："你很特别。告诉你一些关于我的事情吧。我对谁都没说过。当然，对达显也没有。"

10

佐巴乔看向远方,开始讲述他的故事。

"我出生在从这里还要往北再走很远的地方,那是一片冰冻的土地,有一片黑森林。我刚记事的时候,父亲和母亲就双双去世了。他们在战斗中失败,就在我的面前被杀死了。在战斗中失败的动物,就无法活下去。在黑森林里,只有两种生活方式。要么为了守护自己和家人而战斗,要么放弃战斗,成为其他动物的奴隶。我的父母不愿意成为奴隶,在战斗中死去了。我幸运地活了下来,所以我必须变得强大。"

佐巴乔回想起过去的事,充满感怀地眯起了眼睛。

"为了活下去,我学习了很多制胜的招数。为了胜利,我什么都能做。因为如果我不这样做,我就没法活下去。"

说到这儿,他又将视线投向了远方。夜空中,繁星依旧闪烁。

"不知何时,我已经成为黑森林中最强大的存在。已经没有任何动物胆敢忤逆我了。但即使如此,我也无法安心。因为我时刻担心,会出现一个比我更加强大的对手,把我打败,夺走我的生命。"

说完,他看向我的眼睛。

"那个时候的我,一直被我自己的恐惧所支配,因恐惧而战斗。"

佐巴乔自嘲地笑了笑。

"我总能想象到自己在战斗中落败,被对手夺去生命的场景。为了不让这场景变成现实,我一直在拼命求生。"

佐巴乔的眼神中带上了几分悲戚,抬头望向夜空。

"我主动去挑战那些居住在周围森林、平原、湖泊、山脉里的强者。因为我觉得,只要我把所有强者全部打倒,我那颗一直因恐惧而颤抖的心就能得到安宁。"

"把所有强者全部打倒……这怎么可能……"

"哈哈哈,后来我真的把附近的所有强敌全部打败了。从极北大地到黑森林,从奥莱恩草原到阿玛纳平原,这座贝伦山自不必说,连北边山谷都算在内,已经没有任何动物是我的对手。这已经是十多年前的事了。自然,人类也曾经妄图打败我,但他们根本不是我的对手。因为,除了我自己的恐惧,我没有任何恐惧的东西。能在战斗中感受不到恐惧、成为'无'的动物,就是世上最为强大的存在。"

"科泽不是住在北边山谷吗?"

"科泽……科泽不会打无益之仗。当时我还骂他是胆小鬼。但我现在才知道,那时的我太不成熟,科泽绝不是胆小鬼。我翻过了北边山谷，前往西边森林。当时西边森林里住着一头名为'伯根'的巨熊，我和伯根有着'双璧'之称。我打算到西边森林去打倒伯根。"

西边森林……在我身处的时代里，统治着西边森林的是一头体型巨大的白马，名为白帝。

"可是，还没等我抵达西边森林，我就听说伯根已经被打败了。严格来说，他并不是被打败，而是放弃了战斗。"

说到这儿，佐巴乔低下头来，与我四目相对。

"击败了伯根的究竟是谁？究竟是怎样的强者，才能让伯根，让我最强大的对手，让那头巨熊放弃了战斗？我非常恐惧。我意识到，他才是我最后的强敌。正因如此，我更要战胜自己的恐惧。只有战胜了这个强者，我才能收获真正的安宁。于是，我进入了西边森林。"

听到这里，我不由得咽了咽口水。

"在恐惧的驱使下，我的斗性十分高涨。在我进入西边森林后，小动物们很快察觉到了我的气息，四散奔逃。我丝毫不在意他们的反应，反而觉得既然大家都知道了我的到来，那么后面的事情开展起来也会更加顺利。"

的确如此……我想起了自己第一次见到佐巴乔时的样子。

"奔跑了一会儿之后，一只和我同样大小的黑熊进入了我的视野。那便是伯根。"

我想象着当时的场景。在绿意盎然的寂静森林中，两头巨熊正面相遇……

"我问伯根：'你在战斗中失败了吗？'伯根答道：'是的。'接着，他又说：'跟我来。'我又问：'你知道我是来做什么的吧。'伯根答道：'知道。你来了就知道答案了。'我们又往前走了一阵。我的面前出现了一匹银光熠熠的白马。"

佐巴乔仰望着夜空，眯起了眼睛。

白帝？

不对，这是十年前的事，那可能是白帝的父亲，或是祖父？

"我很难想象，这头和我几乎同样身量、攻击力十分强劲的巨熊，竟然会输给这匹白马。可是，当我和这匹银光熠熠的白马四目相对时，我全都明白了。"

佐巴乔低下头，盯着地上的落叶和枯枝。四周不时传来悦耳的虫鸣。当佐巴乔缄口不言时，虫鸣声就显得愈发明显。沉默了一阵后，佐巴乔终于轻轻开口了。

"我输了。"

"输了？你在战斗中输给了那匹白马？"

"哈哈哈，是的。我，这辈子，第一次，败北了。"

可是，他脸上的表情却充满了闲适与温柔，和他说出的话完全相反。

"在那之后，我终于从恐惧中解脱了。"

原来如此……

所以，赤之魔兽消失了。

在猎犬中流传着"七大不可思议之事"，而赤之魔兽的突然消失正是其中之一。

佐巴乔从自己的恐惧中解脱了，所以也就没有理由继续战斗下去。因此，赤之魔兽也就消失了。

佐巴乔慈悲地看着我，说："当你对眼前的状况感到不安或恐惧时，想一想，这不是现实，而是自己的心灵制造出的幻想。如果你想要得到真正的自由，就要看穿幻想。一定不要被幻想困住，成为幻想的奴隶。"

"嗯。"

"与恐惧、不安正面对决并战胜它们的力量，绝不止勇气。还有另一种巨大的力量。"

"另一种力量？"

"是的。另一种力量，而且是非常强大的力量。我现在告诉你也没用，我的灵魂对我说，'现在为时尚早'。凡事皆有顺序。所以，我决定先不告诉你了。你早晚有一天会明白的。"

"……"

"即使你听了我的话，把它当作一种'知识'来理解，也毫无意义。你必须用'身体''自我'和'灵魂'来理解。而要想达到这种程度的理解，你必须有相应的'体验'。现在，你还没有这种'体验'。我们是通过体验才能理解的存在。所以，你从我这里听到的只是知识。知识毫无必要，也没有意义。知识只会妨碍你的体验。如果你遵从灵魂的指引而前往高地，那么你迟早有一天会得到相应的体验。凡事皆有顺序。时机一到，自会降临。你最好接受这个顺序，听从这个顺序。"

"好。"

"不过你也不要多想，忘记我说的话吧。集中精神关注你眼前的东西。我能告诉你的只有这些了。我已经说完了。你应该踏上接下来的旅程了。"

接下来的旅程……

"去阿玛纳平原吧。那里有一座名为季卡尔的城市。到了那里，你就会明白的。相信你自己灵魂的声音。"

"好。"

"约翰，你饿了吧。在你身后的树洞里放着芋头和坚果，随便吃。我也要吃点。今天我的心情很好。"

佐巴乔站了起来，走到我身后的树洞旁，取出芋头和坚果在地上摆了一圈。

"谢谢。"

那天晚上，佐巴乔给我讲了很多他的探险故事。那些故事非常新奇，那个有趣的晚上也令我十分难忘。

さとりをひらいた犬

第四章

阿玛纳平原
——自我的牢笼

11

第二天一早，我开始向阿玛纳平原进发。

阿玛纳平原是一处旷野，从贝伦山出发往东走二十天方可到达。在前往阿玛纳平原的途中，我遇到了好几处岔路。不过在现在这个季节，只要我沿着太阳升起的方向一直往前走，就一定可以抵达季卡尔。

中途，我曾想过回去告诉马菲他们关于佐巴乔的故事，但最后还是放弃了。我决定相信他们，听从自己灵魂的声音，战胜恐惧，继续向前迈进。

离开贝伦山的第十二个黄昏，天气骤变，我抬头望天，发现太阳开始被灰云覆盖，空气也开始变得潮湿。

快要下雨了。

我赶紧寻找能够避雨的地方。

正在我四处打转的时候，大颗大颗的雨滴开始落下。

雨已经下起来了！我必须尽快找到避雨地！

我赶忙跑了起来，不一会儿，一处宽敞的废弃屋舍进入了我的眼帘——它应该是人类曾经居住过的地方。

它出现得真及时……太好了，今晚我就住在这里吧！

我小心翼翼地走近这座废弃屋舍。毕竟可能已经有动物捷足先登，在这里居住或是避雨了。

但不管怎么说，这座宅邸可真不小啊！比主人的那座还要宽敞。

我万分警惕地接近这座废弃屋舍，没有走正门，而是绕到了后门处。

小心，小心……

看起来，这里已经很久没有人类居住了。宅邸上到处都有洞口，看起来是动物进出留下的。我没有走这些洞口，而是从供人类进出的房门进入宅邸内。

出现在我眼前的是一条宽敞的笔直走廊，走廊两边是成排的小房间。

真不错。看起来我不需要和其他动物打照面了。如果遇到了其他动物，再发生点不愉快的事，会很麻烦。

我一连看了几个小房间，选定了一间没有动物居住的稍大的房间。这间房间或许曾经是人类的餐厅，里面散落着铺满灰尘、挂满蛛网的桌椅。幸运的是，这间房间里没有其他动物的气息。

虽然我有点饿了，但今晚就睡在这里吧！

我蜷缩在房间角落里一块满是灰尘的旧布上，进入了梦乡。

第四章 阿玛纳平原——自我的牢笼

轰隆隆!

夜半时分,巨大的雷声将我惊醒。

雨点砸落在地面的声音也回荡在室内。

一阵雷光闪过,映出了房间入口处某种动物的影子。

有动物过来了!

我睁开眼,进入了警戒模式。

每道雷光闪过时,那个影子都会跃动一下。

是敌是友?

抑或对方也只是来避雨的呢?

那道影子随光摇荡,过了一会儿却突然倒在了地上。

那种倒下的姿势,看起来大事不妙……

我该怎么做?要过去看看吗?

犹豫了一阵后,我仿佛听见自己的灵魂说道:"去吧。"我提高警惕,走到房间的入口附近,那里确实倒着某种动物。

那动物不是很大……大概跟我的体型相仿。

又一道闪电劈了下来。电光石火间,我看清楚了那动物的样子。

是一条狗。

和我一样,是一条狗……

被闪电照亮的动物,是一条和我身形相似的狗,不过他瘦骨嶙峋,全身被雨淋湿,此刻正无力地倒在地上。

借着闪电发出的耀眼强光,我细细观察着那条狗的样子。望着他卧在黑暗中的背影,我的脑中忽然闪过些久远的回忆。

咦?我是不是在哪里……?

我顺着记忆的残片竭力回想着。

我在哪里见过他?

突然,过去的记忆和眼前倒在地上的狗重叠在了一起。

"加洛!你是加洛?!"

没错,他就是一年前遇到了达显,听从了自己灵魂声音的加洛。那个完美的队长加洛。那个和马菲他们一起从赤鞍手下逃离,来到了贝伦山的加洛。那个不幸中途遇到了佐巴乔,又在战斗中落败,和几个同伴一起失去了性命的加洛!

加洛不应该已经死了吗?!

我竟然又遇到了一条酷似加洛的猎犬。

绝对没错,他就是加洛。加洛还活着!

倒在地上的猎犬似乎也听到了我的声音,缓缓抬起了头。

"是谁……"

他迷茫地看着我。

加洛的样子全变了,我震惊不已。从前的加洛身材精壮,是赤鞍手下威名赫赫的队长。他曾经有强劲的身体、坚毅的目光、聪颖的头脑,俘获了所有同伴的信赖与尊敬,总能让同伴们热血沸腾。

然而，我眼前的加洛却骨瘦如柴，身上的毛也失去了光泽甚至大片脱落，露出了底下的皮肤。而最诡异的，还要数他黯淡浑浊的眼睛——那双眼睛，就像把一切统统放弃了一样。

他用那双毫无神气、黯淡无光的眼睛盯着我，用几乎微不可闻的声音问道：

"你是谁？……为什么会知道我的名字？"

可接下来，他又不满地说："加洛……那个名字，我已经不用了。叫那个名字的狗已经死了。我没有名字。"

他的语气中充满了倦怠。他又用怀疑的眼神看了我一眼。紧接着，他用那双无力浑浊的眼睛盯着我看了好一会儿，终于想起了什么似的："哦……原来是鹰之羽手下的约翰。"

"是我！你还记得我？"

加洛没有回答这个问题，自暴自弃地说："呵……别管我了。"

他闭上了眼睛，蹲伏在地。

"加洛，你还活着……你竟然还活着……"

"是的，我还活着。我还活着，丢人现眼。我还是死了的好。我没有活下去的资格。你别管我了。让我就这样去死吧。"

"这怎么行呢！"

"怎么不行？别管我。"

"我在这里遇到你，也是种缘分啊。"

111

"那与我无关。你到别处去吧。就当没遇见过我,忘了我吧。"

"我做不到!"

"呵……"

加洛不再开口了。

加洛还活着,太好了……可接下来,我该怎么做呢?

等太阳升起来再说吧……

我在加洛身边蜷起了身子,很快进入梦乡。

朝阳升起的时候,雨也停了,附着在草木上的雨露就像一块块宝石一样,闪烁着各色的光芒,宛如宝石做成的地毯一般。

真美啊!

我正沉醉于窗外的美景时,一旁的加洛也缓缓抬起上身。

"加洛,你睡好了吗?昨天你被雨浇湿了,状态不太好。现在恢复过来了吗?"

加洛似乎嫌我打扰了他,眯起眼睛没有理我。

"加洛,如果你愿意的话,可以跟我说说到底发生了什么吗?"

"我不是说了别管我吗?让我自己待着吧。我不想说话。我跟谁都不想说话。"

我接着说:"我遇见马菲了。"

第四章　阿玛纳平原——自我的牢笼

加洛猛地站了起来，急切地问："马菲他……马菲他还活着？"

"是的，还活着。他还有几个伙伴。星佳，福特，还有……嗯……还有艾……"

加洛等不及地说："艾克？"

"对，是艾克。"

"还有呢？其他猎犬呢？其他猎犬在不在？"

"马菲说，其他猎犬都被赤之魔兽杀害了。他还说，加洛你也死于赤之魔兽之手。"

加洛叹了口气，静静地坐了下来，自言自语道："太好了。那家伙还活着……"

"加洛，我也一直以为你已经死了。但你竟然还活着。"

"约翰，我已经死了。我在那里被赤之魔兽杀死了。"

"这是什么话！你不是还好好地活着吗？"

"队长加洛已经死在那儿了。现在出现在你面前的，只不过是一条无可救药的丧家之犬。连名字都输掉了的丧家之犬。什么也不是，什么也做不了，无法成为任何动物的对手。即使活着也百无一用。这就是我。"

加洛自嘲地说完，又蹲伏下来。

"加洛，你到底怎么了？这可不像你！你已经知道了，你的同伴还活着。回去不好吗？"

113

"我没有资格回去。"

"加洛，不管你自己怎么想，你都是赤鞍的队长。你到底需要什么资格？"

"我逃跑了。那个时候，我因恐惧而迷失，我逃跑了。我失去了神志，被恐惧驱使着，丢掉了一切。像我这样无用的狗，怎么能做队长呢？做队长已经是以前的事了。"

"不……那是……"

"我是个胆小鬼。我牺牲了部下的性命，趁着他们被赤之魔兽杀死的空当，我独自逃了出去，苟活至今。我是一条胆怯、卑劣、无用的狗。我的罪孽永远也无法抹除。我还活着，这本身就是一种羞耻、一种罪孽。"

我回想起佐巴乔带来的压力与恐惧。

我从那种恐惧中逃了出去。

如果我面对与加洛相同的情景，我一定会和加洛一样，扔下同伴独自逃命吧。

加洛就是我！

加洛就是当时转身逃跑、之后再也听不到灵魂声音的，另一个我！

"约翰，别管我了。我已经完了。我的生命已经结束了。这么无用的我，根本没有活下去的意义。世上已经没有一个地方能让我活下去了。我没有能做的事，也没有活下去的价值。

别管我,你走吧。"

加洛自暴自弃地说完,便趴了下来。

"加洛,你就是我。"

"什么?"

"你就是另一个我。"

是的。是转身逃跑,变成了"虚伪的自己"的另一个我。

"我不明白你的意思。"

所以,我不能把你丢下不管。你就是我。我把这些话咽了下去。

"真是个麻烦的家伙。"加洛不耐烦地抬起眼。

如果我回到佐巴乔那里去把加洛的事情告诉他,恐怕会适得其反吧。

对了!我想到了一个好法子。

"加洛,你不是说自己没用,什么都做不了吗?但是,还有一件事,是你能做到的。"

"什么事?"

加洛怀疑地看着我。

"我要到阿玛纳平原的季卡尔城去。你知道那个地方吗?"

加洛低着头答道:"我去过那附近。从这里出发一直往东走,一星期左右就能走到。"

"加洛,你能带我去季卡尔吗?我需要你的帮助。"

加洛微微抬头,怀疑地说:"我的帮助?我没什么能为你做的。你也不需要我的帮助。你只要往东一直走就行了。"

"不,我再说一遍。我需要你的帮助。别看我看起来挺聪明,但我是个路盲。"

"啊?路盲?这怎么可能……"

"就是路盲。我可不是夸大其辞,但我就是最高等级的路盲。如果我早上朝东出发,那么在黄昏的时候,我就会发现自己正朝着太阳落下的方向行进。"

我的确有点儿路盲——就一点儿。不过,这是我的秘密。

"你别骗我了。你这样怎么可能当得上猎犬呢?我从没听说过鹰之羽的约翰是个路盲。我不会被你骗的。"

"你说得对。我怎么可能让这样的消息传出去呢?那有损于我的英名。所以,我一直让哈利帮我辨认方向。你认识哈利吧?"

"认得,是你的副队长。"

"是的。我对于其他东西都很自信,但唯独辨认不了方向。大概大脑中负责辨认方向的区域没有发育好吧。所以,既然现在哈利不在我身边,我需要你的帮助。"

我紧紧盯着加洛的眼睛。

"加洛,咱们是老相识了。难道在我遇到困难的时候,你要趴在这里,对我坐视不理吗?再这样下去,我就无法到达季卡尔，甚至可能和你一样最终死在荒郊野外。也许你觉得死无所谓。但我还不能死。"

加洛避开了我的视线，沉默着低下了头。

"……"

沉默又持续了一会儿。

"加洛……"

我还想说些什么，加洛缓缓抬起了头。

"我知道了。我带你去季卡尔。"

加洛摇摇晃晃地站了起来。

"谢谢你，加洛。"

就这样，我和加洛一起出发，向季卡尔迈进。

12

我和加洛一起走出了宅邸。

加洛暂时有了活下去的目标。于是,他开始积极进食,原先虚弱不堪的身体也渐渐恢复了力量。

我和加洛,两条曾经优秀的猎犬,悠闲地寻找着食物,躲避着危险,向东边进发。

我们边走边说了很多话。我告诉了加洛很多事,与达显的偶遇,达显的死,一年前与加尔多斯的战斗,与科泽和安格斯的相逢……不过,我总是无法开口对他说佐巴乔的事。

加洛也告诉了我很多事,一年前与达显的相遇,之后穿过北边山谷时发生的事,在贝伦山遇到赤之魔兽时发生的事,以及后来的流浪之旅……与马菲他们不同的是,加洛似乎并不认为自己被达显欺骗了。

加洛虽然嘴上满不在乎,但他的心中似乎还残存着对同伴和对高地的向往。

那就一起去季卡尔看看吧。在季卡尔,我们肯定会遇到对我而言、对加洛而言都意义非凡的东西。

一起出发后的第六天傍晚,我们终于穿过了森林,出现在我们面前的，是一望无际的平原。

"哇！真是辽阔啊！"

"是啊，多么辽阔。这里就是阿玛纳平原。"

我们终于来到了阿玛纳平原。

举目四望，我们能看到远处笔直的地平线。回头看去，就在我们刚刚穿过的树木之间，浑圆的红日正在缓缓落下。

落日散发出耀眼的橙金色光芒，将无数树叶映照得闪闪发光，汇聚成光影的大合唱。仿佛树木正在向不断下沉的太阳挥手作别一样。

我们交换了一下目光，不由得微笑起来。

"只要背对着太阳一直往前走，一天后就能抵达季卡尔了。今晚，我们就在这附近找个地方休息吧。"加洛接着说，"约翰，明天我们就要分开了。"

我惊讶地说："你在说什么！不是还没到季卡尔吗！"

"快要到了。你只要一直往前走就行了。你看。"

加洛说完，便用鼻子指了指地平线。

顺着加洛的鼻尖往前望去，我看到在浓灰紫色的天空与地平线的交界处，有一座小小的城市。

"那就是季卡尔。你已经能看到它了。"

"可是……好不容易走到这儿了，你就和我一起过去吧。"

"不行，约定就是约定。明天我就要离开你了。"

"加洛，你还真是个固执的家伙。"

"固执？你还真是多管闲事。本来就是你请我给你带路，我才会来到这里的。我已经打算结束自己的生命了。我想要从这种痛苦中解脱出来。"

"痛苦？什么痛苦？你哪里痛苦？"

"约翰，像你一样一帆风顺的家伙，是无法理解我的痛苦的。我眼睁睁看着部下接连死去，只有怯懦的我苟活至今。我是不可救药的胆小鬼，是丧家之犬，是耻辱，是毫无用处的罪人。我根本没有活下去的价值。你根本不会理解，我光是活着，就已经承受着莫大的痛苦了！"

"加洛，这个悲剧的主人公，你还要演到什么时候？"

"悲剧的主人公？演？我在演？你再说一遍试试！"

加洛的眼睛几乎要喷出火来。

"对，在我眼里就是这样。只有我不好！我没用！我是胆小鬼！我是耻辱！我是毫无用处的罪人！你这么说，只不过是在通过贬低自己来获得自我满足而已！所以我说，你是在出演悲剧的主人公！"

"什、什么！"

加洛朝我龇着牙，好像下一秒就要扑过来似的。我也瞪了回去："要打架吗！这样畏畏缩缩的你，肯定不是我的对手！"

我们双双亮出獠牙，发出粗重的喘息声，弓起身子瞪着对方，像是下一秒就要朝彼此扑过去一样，气氛十分紧张。只要谁稍微动一下，我们就会立刻撕咬在一起。周围的空气紧张得像是要凝固住了一样。

呼呼呼……

焦灼的气氛持续了两分钟之久。突然，从旁边传来一个不合时宜的声音。那声音极慢地说道："啊……果然！"

我下意识地卸了力气，朝声音的方向看去。一只小狐狸正睁着圆圆的眼睛站在那里。紧接着，他又抬高了声音："预言家大人说的没错！"

话音刚落，从小狐狸的头上钻出一只小老鼠来。

"那是自然！预言家大人怎么会出错呢！"

我和加洛愣愣地看着他们。小狐狸头上的老鼠飞快地接着说道："预言家大人说，今天的这个时候，如果我们来到这里，就会看到两条瘦弱寒酸的狗在这里打架。预言家大人命令我们把你们给带过去。"

瘦弱寒酸……这个形容词有点多余吧。

老鼠看着我们，快言快语道："我叫威尔弗雷德。你们就叫我威尔吧。这个家伙是狐狸萨尔瓦托。"

那只被叫作萨尔瓦托的小狐狸悠闲地微笑了一下——这份悠闲与威尔弗雷德截然相反。

"喂，我叫萨尔！"

威尔弗雷德和萨尔瓦托的出现，让我和加洛刚刚的气势一下子烟消云散。我们对视了一眼，同时叹了口气。我对加洛说："对不起，我说的话有点过分了。不过，那些话都是我的心里话。"

加洛垂着头答道："没事，没关系。我知道你想说什么。不对，应该说，我认为我知道。"

"加洛，咱们先过去吧。他们不是也让我们过去吗？你也想知道那个预言家究竟是何方神圣吧？"

威尔弗雷德立马接话说："是预言家大人！"

"知道了知道了。我跟你们过去。我也想去见见那个预言家。"

"我说了，是预言家大人！"

我和加洛跟在萨尔瓦托和他头上的威尔弗雷德后面，朝前方走去。

走了约莫几小时后，萨尔瓦托突然回过头来。威尔弗雷德紧接着飞快地说：

"今天就在这里睡吧。累了吧？"

萨尔瓦托朝我笑道："在你身后有一块看起来像牛一样的石头。你往下挖挖看。"

我依言转身，身后果然有一块黑白相间的大石头。我挖开石头下的泥土，露出了里面的一堆芋头。

"今天就把它们给吃了，然后睡下吧。明天我们就能走到预言家大人那里了。"

萨尔瓦托对加洛缓声说道:"这些芋头,很好吃!你们看,这里很甜!你们,尝尝!"

"啊,那个,确实。"

"尝尝这个吧。非常软糯。它很好吃,很甜吧,尝尝!"

加洛面露难色,不过还是接过了萨尔瓦托递来的芋头,送进了嘴里。

"好吃吧?我就说,很好吃!"

"好吃……"

"是吧,是吧!"

吃完芋头后,我们就在原地睡了下来。

第二天,朝阳刚刚升起,我们便继续踏上了前往季卡尔的旅程。威尔弗雷德说:"今天中午应该就能到了。"

"预言家大人真厉害!什么都知道!"

萨尔瓦托睁着圆圆的眼睛,朝加洛说道。

"哦?什么都知道?比如呢?"

"比如,我今天吃了什么,和威尔吵架时被咬伤了哪里……对了,还有里卡多大哥捉弄我,把我的橡实藏起来的时候,预言家大人还会告诉我他把橡实藏在了哪里呢!"

"你问了预言家大人太多问题了!"

威尔弗雷德在萨尔瓦托头顶上打岔说。

或许也是因为萨尔瓦托一直拼命说话营造出了一种闲适的氛围，我们一路上都惬意地前进着。

正午时分，太阳升到了头顶，我们也来到了季卡尔城。

萨尔瓦托兴奋地对威尔弗雷德说："到了！这里有很多入口，咱们今天就从我最喜欢的那个入口进去吧！"

"那里？好吧，就从那里走吧，出发！"

威尔弗雷德说完，转过身带着些许命令的语气对我和加洛说道："跟上。"

萨尔瓦托蹦蹦跳跳地进入了季卡尔。

"别一蹦一跳的！我要掉下去了！"威尔弗雷德紧紧抓住萨尔瓦托头顶的毛发叫道。

城里有很多人类。萨尔瓦托为了不被人类发现，特地来到离人群略远的树林里。接着，他转过身来看着我们，撒着娇说："我跟你们说，这里的气味很好闻！"

的确，气味很好闻……似乎附近有人类的食堂。一瞬间，我想起了主人的宅邸。

"不过，只有气味是好闻的。如果靠得太近，就会遇到危险。"

萨尔瓦托说完，又兴奋地娇声娇气唱起歌来。

气味本身，就足够我享受。

第四章 阿玛纳平原——自我的牢笼

啊，真美味。啊，真美味。

我好幸福。

萨尔瓦托边唱边往前走着。突然，他停了下来。

"别突然停下！太危险了！"

威尔弗雷德紧紧抓住他头顶的毛。萨尔瓦托睁大了双眼，说："预言家大人！"

顺着萨尔瓦托的视线看去，我看到地上有一个小小的身影。

"预言家竟然是老鼠吗……"

加洛的声音中不带一丝情感。

"太没礼貌了！在预言家大人面前！"威尔弗雷德怒吼道。

那个被他们称作"预言家"的小小身影，迈着小碎步来到我们面前。

他果然是一只老鼠。不过，这只老鼠很明显和我过去见过的所有老鼠都不一样。也许是因为上了年纪，他的全身闪烁着银色的亮光，白色的长髯生得十分浓密。他头上的银色毛发也长得极长，从毛发底下透出两道锐利的目光。

威尔弗雷德从萨尔瓦托的头顶跳下来，朝我和加洛说道："这位就是预言家大人——库约·亚历山大·埃斯科瓦尔·德·富恩特斯大人！"

13

萨尔瓦托睁圆了双眼，问道："预言家大人，您为什么会知道我们在这里？"

那只被叫作预言家的老鼠笑道："世间万事万物，我都能看透。"

接着，他朝我和加洛说道："我叫库约。在这座城里，他们都叫我预言家。很抱歉，我是一只老鼠。"

库约笑了笑，看着加洛说道："你见到我之后，是不是在想'原来是老鼠……真扫兴'？"

"你说得不错。"加洛有些惊讶。

"世间万物如果只看外表，那你注定什么也发现不了。重要的是看穿事物的'本质'。"

库约的眼中闪烁出光芒。

"本质"，说起来，达显好像也用过这个词。

"如果你仅凭眼前看到的东西来对事物做出判断，那么你永远也不会找到答案。"

库约恶作剧般对加洛说道。加洛猛地睁开了眼睛，却一句话也说不出来。

"跟我来。咱们先去集会场吧。"

库约领着我们进入了树林。过了一会儿,我们便走到了一处小洞穴前,库约率先走了进去。洞穴中有一片相对开阔的空间,微弱的太阳光从洞穴顶部射了进来。

库约停在了一处被阳光照亮的地方,转过身坐了下来。我们也在库约身边坐了下来。库约命令道:"端上来吧。"

他话音刚落,周围突然冒出来一群老鼠,他们把人类烹饪出的食物次第运到我们面前。这些食物对人类而言是残羹剩饭,对我们来说却是美食盛宴。

"预言家大人,这么多美食,我们如何能消受呢?"威尔弗雷德问道。

"今天不一样。很久没有客人到这里来了。"

"哇!"

萨尔瓦托跳了起来。库约朝我和加洛说道:"先吃吧。吃完再说。肚子饿的时候没法作战。没法作战啊……哈哈。"

在他的劝说下,我们大快朵颐地吃起这些人类制作的美食来。

吃完后,库约对威尔弗雷德和萨尔瓦托说:"你们辛苦了。你们的工作已经结束了。吃饱了吧?今天就去玩儿吧。"

"哇!谢谢您,预言家大人!威尔,走吧,咱们玩点什么?"

"让我想想……去给里卡多的背上粘上草籽,怎么样?"

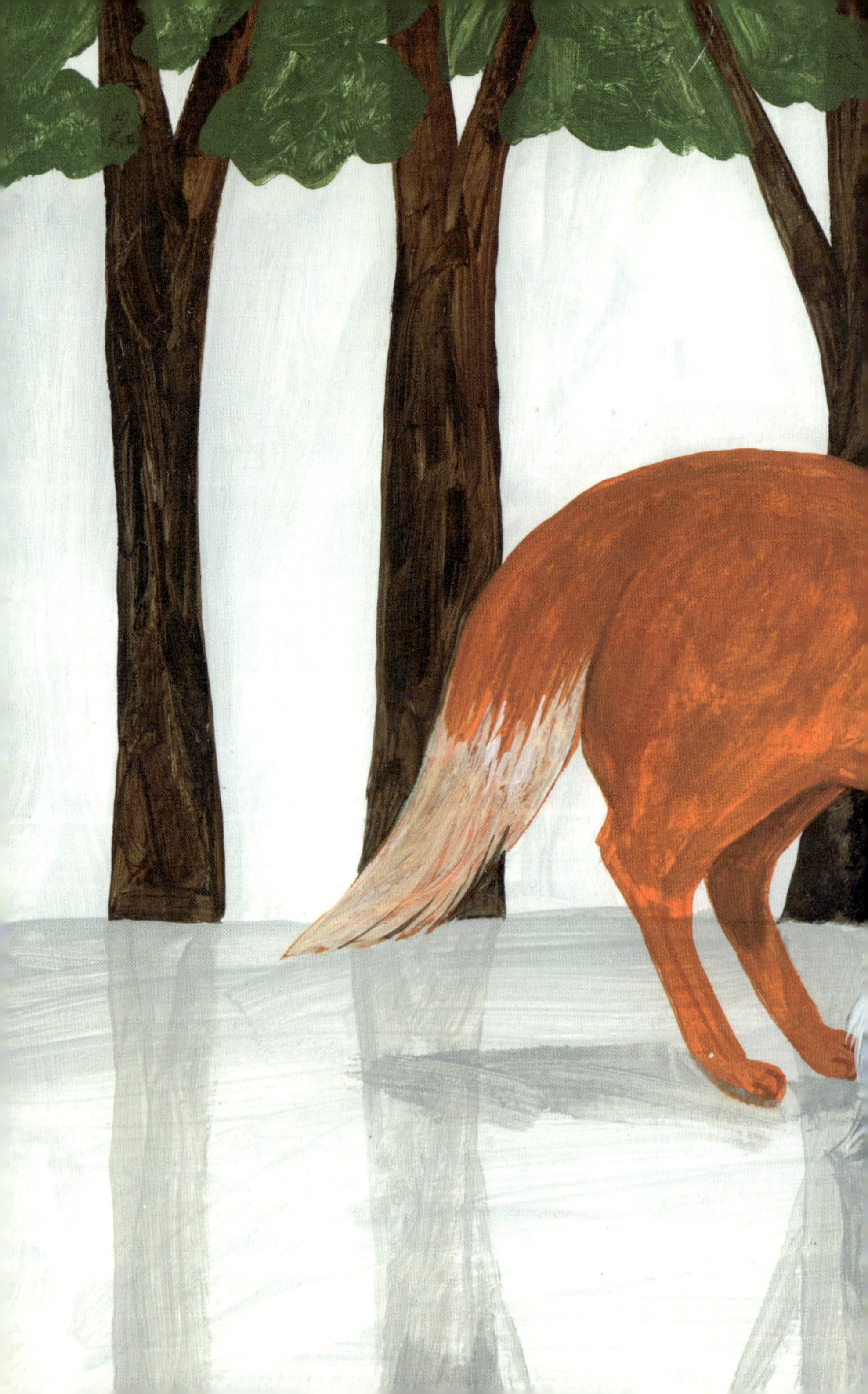

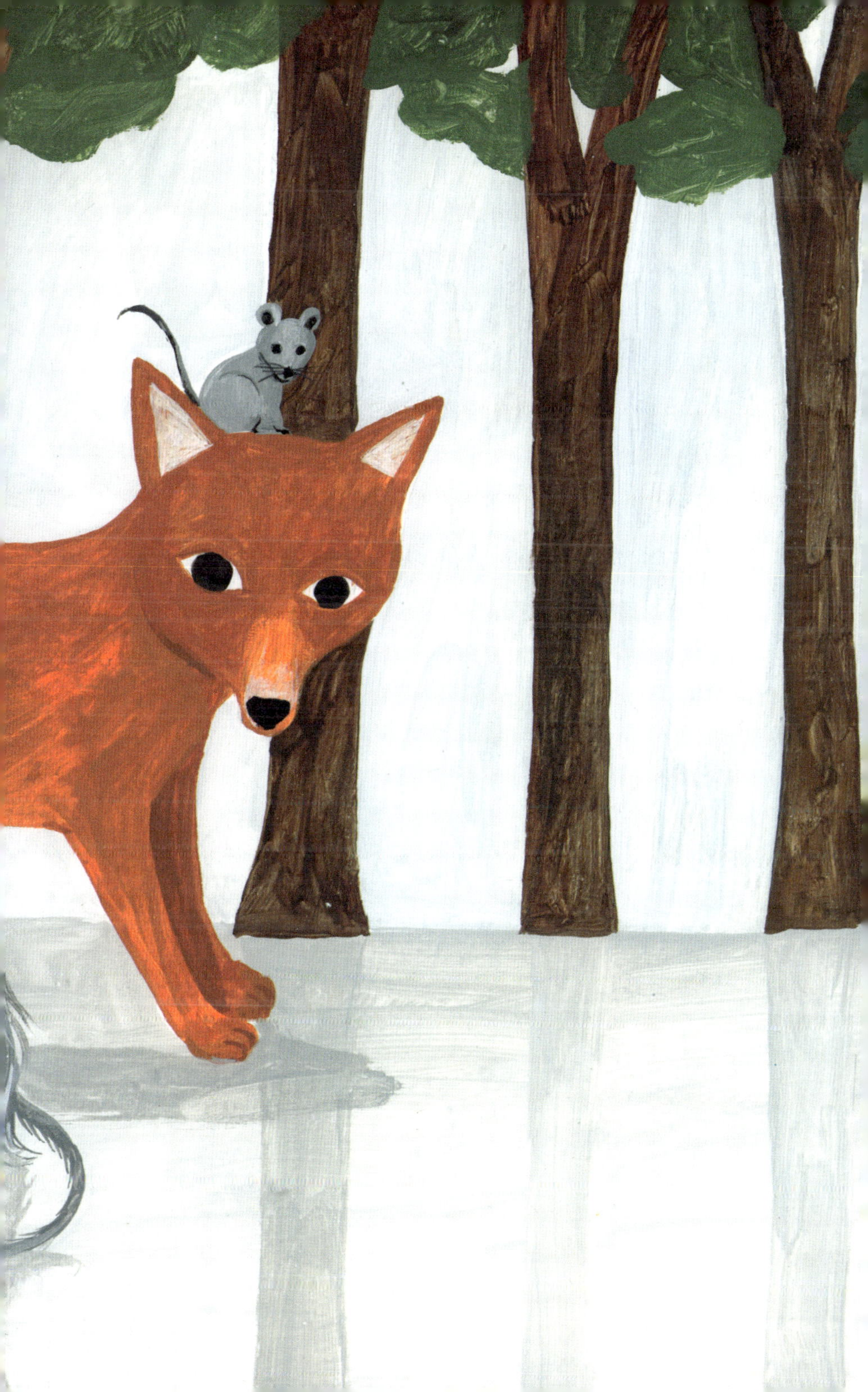

"哇……听起来很有意思！"

威尔弗雷德让萨尔瓦托爬上自己的头顶，一蹦一跳地出了洞穴。库约充满怜爱地目送着他们离开。之后，他转过头来对我们说："怎么样？和他们两个在一起很有意思吧？"

然后，他又对加洛说："现在的你，很需要那种天真无邪的感觉。所以我才让他们离开。都是为了你。"

"为了我？"

库约笑道："虽然他们都叫我预言家，但其实我是个指路者。指出通往高地之路。"

"高地！"

我和加洛面面相觑。

14

"我为什么会知道你们的事？很不可思议吧？"

库约狡黠地眨了眨他的大眼睛。

"是……"

"哈哈哈……其实我也不知道，但我可以看得到。"

"看得到……"

"是的。我可以看到很遥远的东西。只要闭上眼睛集中注意力，我的脑海中就会出现一幅画面。"

"真的？"加洛怀疑地问。

"那你觉得我为什么会知道你们的事情呢？"

"你说我们是'客人'，这是为什么呢？"加洛问库约。

"刚刚我已经说过了，我是高地的指路者。所有去高地的动物，对我来说都是'客人'。"

"约翰确实要去高地，但我不是。我没打算到高地去。"加洛冷冷地说。

库约盯着加洛看了一会儿，干脆地说："不。你也要去。"

"你听好了，我不去。我没有去高地的资格。"

"哦？资格……那我问问你，你觉得什么才是去高地的资格呢？"

"嗯……"

加洛一时语塞，考虑了一会儿才说："我不知道资格是什么，但我知道我没有资格去。"

"哦？这是什么意思？"

"我是个连活下去的资格都没有的废物。我在恐惧的驱使下变成了胆小鬼，丢下部下独自逃跑了。在我的部下被杀害、被撕咬的时候，我独自逃跑了。我抛下了一切，一心只想着逃跑。我是胆小鬼，是不可救药的懦夫，连活着都是种耻辱，我是罪人。这样的我，怎么可能有资格去高地呢？"

"哦？胆小鬼、不可救药的懦夫、连活着都是种耻辱的罪人为什么不能去高地？"

"这……这是因为……"

"根本就不存在所谓'去高地的资格'。如果说，倾听自己灵魂的声音、遵从自己灵魂的声音就是'去高地的资格'，那么资格确实存在。"

"灵魂的声音……"

不过，加洛并没有"认输"。他接着说："现在的我根本听不到灵魂的声音，完全听不到。所以，我还是没法到高地去。我绝对没法到高地去。不对，应该说我绝对不能到高地去。"

加洛抬起头，盯着库约大吼道："而且，说到底，我已经不想去高地了！"

"不想去了……真的吗？"

"当然是真的！我不想去了！我想早点结束这一切！我已经活累了！我想要结束这种痛苦！我……我想去死！"

他几乎是号叫着喊出了最后一句话。

我看到加洛心灵的伤口处喷出了大量赤红色的鲜血，好像火山喷发一样。可是我又觉得，加洛的喊叫其实是在求救。

"痛苦……所谓痛苦，就是你不接受当下的体验，就是你在抵抗眼前的现实。加洛，你在拒绝什么？你又在抵抗什么？"

"别说了！别再管我了！让我早点去死吧！"

"是吗？你想要去死……"库约缓缓点了点头，"好，我知道了。那么，把那个东西拿来！"

库约朝洞穴深处喊道。随后，一群老鼠小心翼翼地抬过来一朵红黑黄相间的蘑菇——一看就是毒蘑菇。

我和加洛盯着眼前的蘑菇。

"正如你们所见，这是一朵毒蘑菇。只要吃上一口，就足够你到那个世界去了。就是有点苦。"

库约盯着加洛的眼睛。

"加洛，不用客气，请尝尝吧。只要把它吃了，你就能得偿所愿，结束这一切了。"

加洛睁大了眼睛，盯着那朵毒蘑菇。

"别犹豫了,一口把它吞下去吧。你放心,我会在旁边陪你走完最后一程的。"

"库约!这……"

我忍不住打断他。

"你闭嘴!"

加洛盯着毒蘑菇,张大了嘴。

"啊……"

"去吧!一切都会结束的!"

"啊……啊……"

加洛大张着嘴,定在原地。从他的牙齿间,大滴大滴的唾液滴落到地面。

"赶紧吃吧!一狠心把它吃下去吧!这样,你就能彻底逃避了。"

"彻底逃避?"我下意识地重复道。

"是啊。现在这个家伙除了'逃避',什么都做不了。逃避人类,逃避巨熊,逃避同伴,最后逃避自己。逃避,逃避,逃避——这就是现在的他。所以他才会痛苦!连这点道理都不明白的傻子,还是死了为好!快!这是你最后的动作了,一切就会结束的。快吃下去!"

加洛张着嘴,表情狰狞地盯着那朵毒蘑菇。

"怎么了,加洛?为什么不吃呢?你的愿望很快就能实现了!"

不知道加洛有没有听到库约说的话,他就像变成了一尊石像似的一动不动,表情狰狞地张着嘴,死死地盯着那朵毒蘑菇。

"你为什么不马上把它吃下去呢?你不是想死吗?"

加洛一言不发,一动不动。

"你明明自己说想去死,想结束这一切,为什么还活到现在?如果你真的想死,那么你当时回到巨熊那里不就好了!"

"……"

加洛双眼通红。

"为什么,你没有死!"

"……"

"为什么,你恬不知耻地活到了今天!"

"啊……啊啊啊!"

"为什么,你现在会出现在这里!差不多得了!听·听真正的自己的声音吧!

"把真话说出来!

"说!把真话说出来!把真话说出来!"

"啊啊啊啊……啊!"

"你这个傻子!"

加洛的眼中开始滴下血泪。

"哈!"

刹那间，库约的手刀劈中了加洛的头顶。

手刀的冲击波甚至波及整个洞穴，加洛瞬间翻起了白眼倒在地上。

"加洛！"

"他没事。我是让他休息一会儿。"

库约温柔地看着流着血泪倒在地上的加洛。

"这里是……"

日头西斜时，加洛睁开了眼。

"这里是库约的洞穴。"

"哦……"

"你还好吗？"

"还好……"

加洛就像被什么东西附身了一样，神情冷静。

正在这时，库约仿佛预知到加洛已经醒了，迈着小碎步走了过来。

"你醒了。"

加洛尴尬地避开了他的目光。

"你看起来清醒点了。"

"我到底……"

"轻松点了吗？"

"……"

"好了，加洛。所谓痛苦，都是因为你在抵抗眼前的世界。你在抵抗些什么呢？"

"我不知道。"

"那我换句话来问。你不想承认些什么呢？你即使愿意死、愿意彻底消失，也不愿意承认的东西，究竟是什么呢？"

"没……没用，我没用。"

"就是这个。这个想法催生出你的痛苦。你为什么会如此执着于这个问题呢？为什么你非要对大家有用不可呢？"

"我母亲生完我就去世了。曾做过队长的父亲，还有我的哥哥们都讨厌我。他们说，是我害死了妈妈，我是杀死妈妈的凶手，如果我没有出生就好了。是的，我是杀死妈妈的凶手。"

"什么……"

"而且在我的兄弟中间，我是体型最小、体质最差的。曾做过队长的父亲，还有我的哥哥们都把我当成一个废物，对我非常粗暴。他们总说，我是杀死母亲的凶手，我反正也活不长，弱者就应该消失，我的存在不过是在浪费食物而已，早点去死吧。"

"即便如此，你还是想要成为对大家有用的、完美的队长？"

"对。我想得到大家的认可，我想被大家接纳，我……我希望大家接纳我，认可我，还有……爱我……"

加洛垂下了头，大滴大滴的泪水砸落在地面。接着，他又抬起头说："正因如此，我必须成为大家认为'必要'的存在。我必须成为对大家有用的存在。如果我做不到，那么我在这个世界上就没有立脚点，也失去了价值。如果我对大家没用，那么我就没法活在这个世界上。只有我成为对大家有用的、为大家而活的、完美的队长加洛，我的存在和我的生命才能得到原谅。"

"你说，完美的队长？"

"为了得到父兄的认可和爱，为了得到同伴们的尊敬，为了在这个残酷的世界上生存下去，我必须变强，变成完美的队长。"

加洛，他竟然还有着这样的过去……

"那你觉得，什么样的家伙才是'完美的队长'？"

"有远见，能给出正确的命令，强大，竭尽全力，可以为了同伴牺牲自己……像这样的完美存在。"

"那不可能。"

是的，那不可能啊，加洛。不管是我，还是这世上的任何动物，都不可能做到的。

"所以，我尽最大的努力锻炼自己，磨炼自己的能力。终于，我接受了队长的职务。正因如此，我必须为了大家而努力工作。我必须是强大而又完美的队长加洛。"

"加洛,你一定很辛苦吧。"

"是的……这对我来说太难了。真正的我,是一个弱小、胆怯、见不得人的胆小鬼。而且我还恬不知耻,一无所用。那个完美的队长加洛,完全是我的幻想。"

"加洛,你知道什么是真正的强大吗?"

"真正的强大?我不知道。"

"所谓真正的强大,是知道自己的弱小。我们都是光与影相混杂的存在。如果只看到光的部分,就会变成你现在这样。如果光变强,那么影也会变强。如果对这一点视而不见,那么就会像你一样被影捉住、被拖进黑暗之中。当你认识到自己是光与影相混杂的存在以后,你才会获得真正的强大。我们都很弱小。世界上根本不存在强大的家伙,那头巨熊也是。"

"那头巨熊也是?"

"说到底,想在那头巨熊面前保持冷静,这根本就是不可能完成的任务。加洛,你必须看到影的部分。影也是你自己。你要承认影,接受影。

"你不是'完美的队长加洛'。你是'加洛',你只是'加洛'。放下对父母兄长的回忆吧,放下'加洛'这个名字吧,把过去的记忆全都放下吧,回归到最真实的自我。放下一切之后,你便能得到自由。你内心想要得到自由,前往高地,不是吗?"

"是的。达显的话震撼了我的心。"

"放下一切，接纳最真实的自己。"

"放下一切……最真实的自己……那……我……我即使是胆小鬼也无所谓吗？"

"是的。我们都很弱小。即使是胆小鬼也无所谓。"

"是胆小鬼也无所谓……那我……即使弱小也无所谓吗？"

"是的。即使弱小也无所谓。"

"那我……即使可笑可怜也无所谓吗？"

"是的。即使可笑可怜也无所谓。"

"那我……即使毫无用处、恬不知耻也无所谓吗？"

"是的。即使毫无用处、恬不知耻也无所谓。"

加洛接着一股脑儿地问："我……即使我帮不上别人也无所谓吗？"

库约坚定地说："是的。即使帮不上别人也无所谓。"

"呜……呜呜呜……"

"加洛，只要你活着，没错，只要活着，就足够了。好了好了，你不是一直活到了今天吗？"

"呜……呜……呜……"

加洛就像得到了谅解的罪人一样，匍匐在地哭号起来。

原来是这样……

过去，加洛一直被名为"完美队长"的牢笼所困。

第四章 阿玛纳平原——自我的牢笼

现在,加洛终于从这个牢笼中解放了。

等加洛冷静下来,库约开口道:"我们都是由三种存在构成的。一个是身体,一个是自我,最后一个是灵魂。而在它们之间寻找平衡的,则是我们自己。"

说起来,科泽好像也说过同样的话。

"加洛,你自我的声音太大了。"

"自我的声音?"

"是的。你的大脑完全被自我的声音占据了。那么……你觉得自我的声音在说些什么呢?"

"它在说,弱小的我、可笑可怜的我、毫无用处的我根本没有活下去的价值……死了更好……"

"你第一次听到这些话是在什么时候?"

"应该是在我还是一条小狗的时候。那时我一直在想这些。"

"那个声音一直束缚着你。它创造出了你的故事。"

"我的故事……"

"是的。所以你一直拼命地扮演着完美的队长加洛,而现在,它崩溃了。那不是真正的你。真正的你在别处。"

"真正的我?"

"你为什么要活到今天?"

"我不知道……"

141

"那我问你。其他两种存在,比如你的身体在说些什么?现在你已经能听到它的声音了吧?"

"身体在说……我不想死。"

"那灵魂呢?"

"灵魂……"

加洛沉默了一会儿。

"灵魂在说……高……高地,去高地……"

加洛的眼中滴下泪来。

"那才是真正的你。"

"呜……呜呜呜……"

加洛又哭了起来。

加洛低着头默默流泪。库约温柔地接着说:"你做出了正确的选择。"

"正确的选择?什么意思?"

"你选择了活下来。"

"活下来……呜呜呜……我可以活下来吗?"

"不要问我。你已经知道答案了,不是吗?"

"可是,事实上我丢下了部下,独自逃跑了。这是我的罪孽,无法抹除。"

"是的。正因如此,你有责任。"

"责任?"

"不错。你的责任就是，完完全全做真正的自己，连部下的份儿也要活出来……"

"可是，这样不会太过自私吗？我犯了罪——这是无法抹除的真实。"

"哪里都没有'真实'。世上并不存在什么'真实'。你创造了你的世界，你在自己的脑中擅自创造了'真实'。这才是真理。

"你自己就是你的世界的造物主。一切都是由你自己决定的。你不过是把你自己投射到了眼前的世界而已。如果你认为自己是个罪人，那么你会认为你身边发生的所有事情都在证明这一点，你会把所有事情都解释成在证明这一点。如果你认为这个世界上充满了战斗，那么你就会经常战斗，你会发现战斗对手一个接一个地出现。这就是真理。"

佐巴乔就是这样……我暗想。

"如果你认为自己是罪人，那么这个世界就会变成一个牢笼。你过去一直在惩罚你自己。你用名为'罪恶感'的锁链将自己束缚住，将自己关进牢笼，狠狠鞭笞着自己。不要再自己惩罚自己了。认为自己是个罪人，这是真正的你发出的声音吗？"

"不是。好吧……我不再自己惩罚自己了。"

"自我创造出的都是幻想。正因如此，你要好好倾听真正的自己发出的声音。真正的自己发出的声音非常微弱，很容易被自我的声音所掩盖。自我创造出的是幻想的世界。你看到的世界，不过是你的自我创造出的幻想被放大后的产物而已，除此之外什么也不是，你明白吗？"

"我该怎么做呢？"

"你怎么做并不重要。重要的是，你为什么存在。"

"重要的不是行动（Doing），而是存在（Being）。当自我发出的嘈杂声音趋于平静时，真正的自己（Being）就会出现，像海面微波一样。它不时会向你发来信息。这就是存在（Being）的声音，灵魂的声音。当有一天你听到了这个声音时，你就已经没有选择的余地了。加洛，你已经听到灵魂的声音了吧？"

"是的……"

"说说看。"

"我要回到贝伦山。我要去找马菲他们，和他们一起再去会会赤之魔兽。"

库约对我说："哈哈哈，赤之魔兽吗？约翰，讲讲你的故事吧。"

于是，我把遇到佐巴乔的故事讲了一遍。

"你已经见过赤之魔兽了吗？"

"我之前一直没告诉你，抱歉。"

"没关系。"

"佐巴乔说过，危险和恐惧并不一样。恐惧是自己创造出的幻想，我们决不能成为恐惧的奴隶。而战胜恐惧的力量，就是勇气。加洛，我觉得现在的你拥有战胜恐惧的勇气。"

"谢谢。这一次我一定会相信自己的勇气，不再被自己内心的恐惧所吞噬。"

"加洛，约翰，你们都已经'死'过一次了。你们要感谢'杀死'你们的佐巴乔。对你们而言，这世上已经没有什么可怕的东西了。不过，你们可能还会再'死'上几回，哈哈。"

"嗯。"

"你们听好啦！世上没有偶然，所有事物都是必然。该发生的事情都会发生。你们遇到达显，遇到佐巴乔，遇到彼此，遇到我……这叫作'灵魂的计划'。"

"灵魂的……计划？"

"是的。世间万事万物都会按照灵魂的计划而演进。不过，自我是无法理解灵魂的计划的。自我的眼睛，就像从两个小洞来观察整个世界一样。所以它的视野十分狭窄，认识也会非常混乱。它会被眼前发生的事情蒙蔽住，很快失去判断能力，像无头苍蝇一样四处乱撞。"

"像我一样……"

"是的。所以，当你一时无法接受的事情发生时，不妨从更高层次来看待它。站上更高层次，让自我的声音变小些。就像站在山顶俯视山脚一样，将自我的声音当作一片云海来俯视。

在第一阶段，你会发现自己能看得更远了。而接下来，这片云海迟早会烟消云散，那时你自然会感知到灵魂的计划。"

"我明白了。谢谢。"

库约缓缓地看向我说道："约翰，你要感谢加洛，他让你学到了一项重要的东西。"

"是的。加洛，谢谢你。你让我明白了一个至关重要的道理。真的谢谢你。"

"不，我才应该感谢你。约翰，如果没有你，我不仅到不了这里，甚至可能已经死在那座废弃的房子里面了。"

库约温柔地缓声说道："你们应该感谢彼此。这是'灵魂的邂逅'。之后，你们就是'灵魂的伙伴'了。"

"灵魂的伙伴……"

我们四目相对。

"如果能让我也成为你们的'伙伴'就更好了。"

库约露出了一个恶作剧般的笑。

"当……当然可以！"

"达显和佐巴乔他们肯定也是伙伴之一……哈哈哈！"

能和库约、达显、佐巴乔、加洛成为"灵魂的伙伴"，真是太好了！

さとりをひらいた犬

第五章

雷谷都森林
——一往无前的勇士们

15

距离我离开季卡尔，已经过去三天了。

我和加洛在季卡尔分别了。加洛像是重生了一样，眼中闪烁着自信和坚定的光芒，洋溢着与同伴共克艰难险阻的决心、感情和勇气。

"咱们高地见！"

"一定！"

库约说："到雷谷都森林去吧。在那里，你们能学到其他东西。不过，你们要抓紧了。时间已经不多了。"

从季卡尔往东北方向出发，走二十天才能到达那片森林。

时间已经不多了……这句话是什么意思呢？

我急忙踏上了前往雷谷都森林的旅途。

走了大约一星期。我正在一棵大树下稍事休息时，一只猫头鹰飞了过来，停在了树枝上。猫头鹰低下头看着我说："咦？我好像没见过你。你是从人类那里逃出来的吗？"

"是的。自由是最重要的。我们的本质是自由。"

和加洛分开后我一直在独自赶路，所以跟猫头鹰交谈让我非常兴奋。

"那么，你为什么到这里来呢？"

"这个嘛……来这儿之前我在季卡尔，再之前在贝伦山，再之前，我在比北边山谷更远的森林里被人类饲养着。"

"哦？你是从这么远的地方过来的啊。那你之后想去哪里呢？"

"我正要去雷谷都森林。"

"雷谷都森林……我不知道你去那里有什么要紧事，不过现在还是别去为妙，为你的安全着想。"

"为我的安全着想……雷谷都森林里有什么？"

"那里现在全都是人类。在那里你会遇到危险的。"

"为什么森林里会有这么多人类呢？"

"据说那片森林里有个不可思议的家伙。"

"不可思议的家伙？"

"是的。我也不太清楚，不过听说那家伙有一种神奇的疗伤能力。"

"森林里有个不可思议的家伙，和森林里有很多人类之间有什么联系呢？"

"人类知道了那个不可思议的家伙的存在。于是人类带着他们的狗……啊，不好意思，我忘了你也是狗……这么说吧，人类带着他们饲养的狗，去猎捕那个不可思议的家伙。"

原来如此，库约那句"时间已经不多了"原来是这个

第五章 雷谷都森林——一往无前的勇士们

意思。

"那现在情况如何呢?"

"那个家伙神出鬼没,人类好像完全抓不住他。人类已经花了很多时间。正因如此,前来猎捕他的人越来越多。森林里已经全都是人类了。"

"那个不可思议的家伙,到底是什么动物呢?"

"我也不知道。"

"是吗……你也不知道……"

我小声嘀咕着。猫头鹰突然想起了什么似的:"你该不会想去见他吧?"

"啊,大概,是的。"

"别去,千万别去。人类正在森林里猎杀动物泄愤呢。那片森林现在简直成了地狱。连我都绝对不会靠近那里。我不是吓唬你。在这场风波过去之前,千万不要靠近那片森林。如果你不想死的话。"

库约的话在我脑中回响。

"世上没有偶然,所有事物都是必然。该发生的事情都会发生……这叫作'灵魂的计划'。"

如果这是真的,那么我和猫头鹰在此处的相遇、我此时此刻听到的话语中,肯定也蕴藏着某种意义。当然,雷谷都森林中发生的事情也是。

151

前进还是回去……

紧接着,佐巴乔的话又在我脑中闪过。

"根本就不存在恐惧。恐惧和危险不同。'危险',你只要在'此刻此地'处理好就万事大吉。而害怕危险,担忧未来,对未来感到不安,从而在心中制造出一个幻象,这才是恐惧。"

我说:"感谢你告诉我这个重要信息。但我还是要去。我不能就这样回去。我必须快点到雷谷都森林去。"

猫头鹰难以置信地看着我:"啊?那我可管不了你了。"

"没关系。"

"如果你一定要去,那我再告诉你一个传闻吧。"

"什么传闻?"

"我听说,有个家伙正守护着那个拥有不可思议力量的动物。"

"有个家伙在守护他?"

"是的。传说中,那家伙是一头白狼。如果你要去见那个不可思议的动物,那么你最好去寻找这头白狼,效率会高些。"

果然,相遇是有意义的。我问:"可以告诉我你的名字吗?"

"我叫道奇。"

"我叫约翰。"

"那么,再见吧,约翰。路上小心。"

"谢谢你!道奇!"

我朝道奇道了谢,继续踏上前往雷谷都森林的旅途。

我必须早点过去!

道奇目送着约翰离开。过了一会儿,他开始朝季卡尔飞去。

16

和道奇分开后的一星期里,越靠近雷谷都森林,我就越能感到诡异森然的氛围。一路上动物们的紧张感越来越强烈。

"不要去森林。"

也有野狗对我提出过这样的忠告。不过,根据我过去的经验,我很熟悉猎犬们追捕猎物的方法和人类想出的种种复杂的作战方式。

"所谓恐惧,不过是自己创造出的幻象。"

我从和佐巴乔的相遇中学到了这个道理,所以我一直也没有放任自己被恐惧和不安吞没。

我向路上遇到的每一只动物打听白狼的事,但最终只了解到一条信息,那就是他曾在森林深处的卢恩湖附近被目击过。

总之,我要先到森林深处的卢恩湖去。

我该如何才能找到卢恩湖呢?

正当我漫步在草原上时,一股非常熟悉却又有些讨厌的味道乘风而来。

是人类!

我赶紧藏身到草丛中，小心翼翼地观察着周围的情况。不久，我远远地看到，人类乘着马，从右前方草原的树木之间走来。他们还带着很多猎犬。

我又仔细观察了一阵……

人类有六个，猎犬大概有三十条。

可真不少……是个大团队。如果被他们发现可就麻烦了。

为了不让他们闻到我的气味，我小心地绕到了下风口，远远地观察着他们的一举一动。这个团队秩序井然地排成一列往前行进，每两个人类之间都保持着一定距离，而猎犬则在人类身前，四到六条组成一个小团体往前奔去。

他们受过非常良好的训练……

我尽量在不被他们发现的前提下，跟在他们身后。

这是怎么了？好像有哪里怪怪的？

这个团队总有种违和感……到底是哪里不对劲呢？

我进一步提高了警戒，继续观察着他们。过了一会儿，我终于明白了到底是哪里不对劲。

人类完全没有发出指令！

然而猎犬们却秩序井然！

这是什么情况？

这不可能……

有猎犬在代替人类进行指挥！

于是，我更加仔细地观察起那些猎犬的一举一动。不久，我注意到一条黑色猎犬的动作。那条猎犬跑在所有猎犬的最后面，在人类和猎犬之间。

他一边观察人类的表情，警觉地观察着周围情况，一边向其他猎犬发出正确的指令。而且，似乎还有几条猎犬是专门负责向各个猎犬小团体传递情报的。

莫非……

我想起了从前听到过的一则传闻。

在遥远的东北方，有一条名为凯撒的猎犬。他还有一个别名——皇帝。

那条猎犬比人类还要聪明，能够指挥大群猎犬。凡是被"皇帝"盯上的猎物，绝对不可能逃脱。

莫非，那条猎犬就是"皇帝"凯撒吗？

我在不被发现的前提下，打起十二分的精神，警惕地跟在这个团队背后。

在跟踪他们的第三天晚上，为了收集一些有用的情报，我还是下定决心来到那群猎犬身边。

我小心翼翼地进入这个已经睡熟的团队内部。猎犬们以数条为单位分成了好几个小团队，小团队里的猎犬都紧贴着睡在一起。我凝神屏气地在蜷缩着睡熟了的猎犬之间穿行。

穿过了几个小团体后，突然，从我背后传来一个尖厉的声音。

"我等你很久了。"

我转过身,看到一条体格精壮的猎犬正起身看着我。

"……"

那条猎犬的眼中闪烁着锐利的光芒。他对我说:"我早就发现你跟着我们了。而且我也想到了,你迟早会找机会接近我们。"

我过去跟踪其他动物从没有被识破过……

"我叫马里乌斯,是这支部队的副官。我带你去见我们的司令官。跟我来。"

马里乌斯站了起来,穿过卧在地上的猎犬,朝团队的前方走去。

司令官是一条怎样的猎犬呢?

会是"皇帝"吗?

我的脑海中浮现出那条能给团队下达正确指令的黑色猎犬的身影。

马里乌斯停下脚步时,他的前方正站着一条充满自信和威严,眼神十分锐利的黑色猎犬。果然是他。

"如您所料,他来了。"

马里乌斯说完,就退到了一边。我面前站着的这条黑色猎犬,很明显和我以前见过的所有狗都不一样。我能从他身上感觉到成百上千次战斗经验堆砌出的自信、威严和从容。他紧紧盯着我,锐利的目光像冰刃一样,仿佛能洞穿一切。

"你为什么跟在我们队伍后面?"

黑色猎犬缓缓开口。他的声音非常低沉,却又很有磁性。

我瞬间明白,所有谎言和敷衍,在他面前都起不了作用……我必须说真话。

"我想去雷谷都森林。我觉得你们或许也要去那里,所以一直跟在你们后面。"

"你很谨慎啊。看来你受过相当程度的训练。你的身份是什么?"

他眯起了眼睛,目光如矢。

"我曾经是一条猎犬。所以我知道你们的作战方式。"

"哦?可以告诉我你的名字吗?"

"约翰。"

黑色猎犬闻言皱了皱眉,沉默了一会儿才说:"你是鹰之羽的约翰啊……"

"你知道我?"

"我听过关于你的传闻。你打败了加尔多斯和白帝。不过我还听说,你突然从人类身边消失了。"

连这件事都传出去了吗……

"我叫凯撒,是这个团队的指挥官。很荣幸见到你。"

凯撒的目光终于缓和下来。

"你就是'皇帝'凯撒……"

"确实有人这样叫我。兄弟你竟然也知道，这真是我的荣幸。"

凯撒开始叫我"兄弟"。马里乌斯不解地问："司令官，我们能相信这家伙说的话吗？"

"你也看到他跟踪我们时的表现了吧。能做到这个水平的猎犬并不常见。至少在我的队伍里没有。而且，他眉间的伤和只有一半的尾巴，都和我想象中的一模一样。"

接着，凯撒对我说道："约翰，虽然我不知道你为什么离开了人类，但你愿意加入我们的队伍吗？如果像你这样强大的猎犬也能加入我们的队伍，那就太好了。"

"凯撒，对不起，我不能。我去雷谷都森林有非常重要的事情要做。"

"什么事情？如果方便的话，可以告诉我吗？"

"连我自己都不太清楚。不过我想，到了雷谷都森林我就会明白的。"

"我不太懂你的意思……"

我坚定地说："凯撒，我在听从自己灵魂的声音。虽然现在我还不太明白，但到了'那个时候'，我一定会全都明白的，明白我存在的意义，明白我过去的经历，明白我未来应该做的

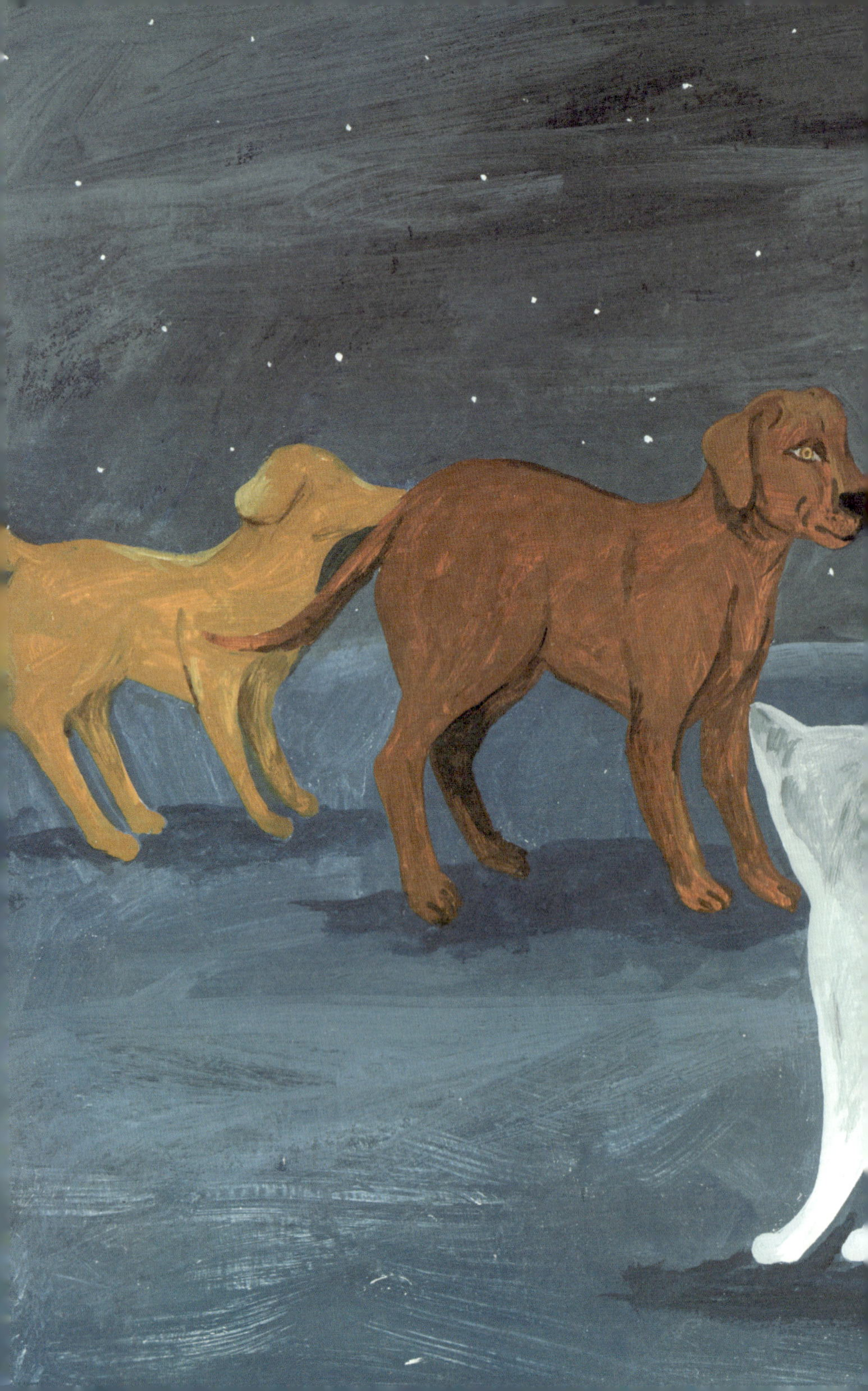

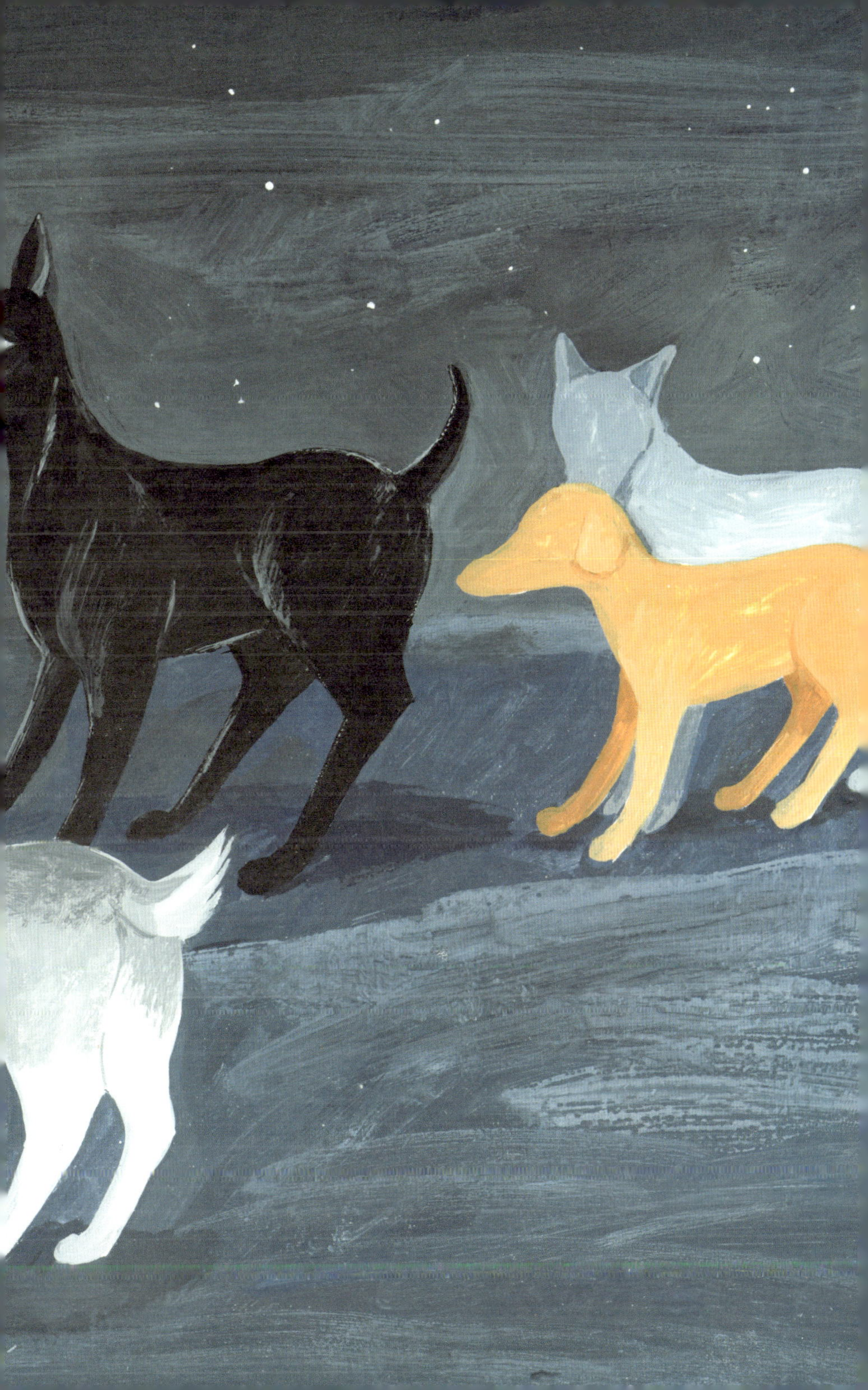

事情。"

"灵魂的声音？"

凯撒难以置信地重复了一遍，然后看向马里乌斯。马里乌斯也不解地看着凯撒。

"灵魂的声音，是从内心深处发出的。我灵魂的声音告诉我……"

说到这儿，我顿了顿。

凯撒和马里乌斯紧紧盯着我。

凯撒和马里乌斯或许能够明白我说的话！

于是，我缓慢却坚定地，把达显对我说过的话告诉了他们："我们的本质是自由。我们并不是为了被人类饲养、为了向人类尽忠而生的。"

马里乌斯皱着眉说道："约翰，我不知道你是什么意思。我们被人类饲养，作为交换，我们会帮助人类狩猎。这是我们的使命，也是我们生活的意义。"

凯撒说道："约翰，你好像想错了。我们并不是被人类饲养着的。我们和人类是平等的，是平等的合作伙伴。我们是被统率着的团队，是一个组织。正是在组织之中，我们才能过上最好的生活，才能活出真正的自己。"

"是的。"

马里乌斯也点了点头。

"我们和其他种族不一样。我们选择了人类。人类也选择了我们。我们和人类建立起了相互信任。更重要的是,我们是少数能够以组织为单位,高效、灵活、正确地进行活动的高等种族之一。"

"凯撒,我不是说你的想法是错误的。但是,我不觉得哪个种族更优秀、哪个种族更低劣。这不是'优劣',只是'差别'。"

"不,约翰,你说得不对。我们很显然比其他种族更加优秀。因为,其他动物都是'被狩猎'的一方,而我们则是'狩猎'的一方。如果说这不是优劣之分,那这又是什么呢?"

"可是……即使如此,我也觉得这无法成为优与劣的证据。"

"约翰,你身为猎犬,竟然说出这样的话……那我问问你,你之所以能够打败加尔多斯和白帝,难道不是因为他们是比你低劣的存在吗?他们低劣,所以他们才会死,难道不是这样吗?"

"的确,从结果来看,是我夺走了他们的生命。不过,我只是运气好,才得到了这样的结果。与之相反的结果同样可能出现。而且,这是我的任务。"

"约翰,你在偷换概念。这不是任务的问题,这是优劣的问题。那我再问你,人类将这项任务交给我们,这本身不就证明了我们更加优秀吗？像那些马，他们能做的只有驮着人类，不是吗？"

"嗯……这个嘛……"

"生命的往复，其中凝聚着所有生物的优劣之分。胜者更加优秀。只有优秀者才会获胜，才能活下去。败者只会死去，他们会从世上消失，不复存在，除此之外他们什么也不是。所以胜者优秀，败者低劣。"

"嗯……"

"一条猎犬的力量或许是弱小的，但当大家形成合力、形成团队的力量时，我们就能够成为最为强大的存在。因此，我们是最优秀的种族。所以，人类才会选择我们作为他们的合作伙伴。"

马里乌斯说道："熊和老虎，他们每个个体都很强大，但他们并不是我们团队的对手。我是这个优秀种族的一员，我们正因为优秀才会被赋予这样的任务。所以，我无论如何也无法理解，你口中'自己的道路'，竟然是主动放弃这样的任务。"

凯撒也说："约翰，我们是这个优秀种族中最强大的队伍。换句话说，我们站在所有种族的最高点。"

"最高点……"

"是的，你记住，我们并不是在帮助人类狩猎。是我们在狩猎。人类只不过是我们的合作伙伴而已。"

"我没法条理清晰地反驳你说的话。但我总觉得你说的不对。我没法从你们刚才的话中,听到你们灵魂的声音。"

"对于你听从所谓灵魂的声音而离开人类这件事,我不想多做评论。但我觉得你做错了。这是我的意见。"凯撒干脆地说。一旁的马里乌斯也点了点头。

"凯撒,我明白了。但我希望你记住,你们或许有一天也能够听到灵魂的声音。我希望到那时,你们一定好好听听那个声音。"

"我先记着吧。"

凯撒和马里乌斯的表情没有一丝波动。凯撒喘了口气,对我说:"我也希望你记住。如果你听从所谓灵魂的声音而采取的行动违背了我们的目的的话,那么我们不会轻易放过你的。希望你做好与我们战场相见的心理准备。另外,希望你记住,我的部队比你从前在战斗中遇到的所有对手都更加强大,更加优秀。"

"我知道。我希望事情不要发展到那个地步。"

"这个话题就到此为止吧。约翰,你要跟我们一起去雷谷都森林吗?在路上,我想请你给年轻的猎犬们讲讲你过去战斗的故事。他们可以学习一下这些优秀案例。"

"好啊。如果我的故事能给他们提供参考的话。不过,我想先问个问题。你们究竟要去雷谷都森林狩猎些什么东西呢?"

"我们要去狩猎一只有着不可思议力量的动物。据说他就在雷谷都森林里。"

"不可思议的力量？"

"据说他能够治愈一切伤疤。"

"那是什么动物？"

"我还没有得到确切情报，不过好像是一匹白马。"

"白马？"

一瞬间，我想起了白帝。不过，白帝虽然身形庞大，还有着健壮的后腿和强大的力量，但他并没有所谓不可思议的力量。

凯撒微微压低了声音："而且……麻烦的是，据说有一群家伙在守护着那匹白马。"

"一群……守护着……"

"我得到了一条情报，说守护者是白狼，而且还不止一头。"

"真的吗？"马里乌斯问道。

"我也不知道。狼守护着马，我从没听说过这样离奇的事。毕竟狼是要吃马的。我觉得这条情报或许是错误的。约翰，你有什么消息吗？"

"没有……什么也不知道……"

"就算真的有狼发了疯在守护着那匹马，他们也不是我们的对手。没什么可担心的。我知道的就这么多。接下来的事，等到了森林后再做打算吧。马里乌斯,把小队长都叫过来。我要把约翰介绍给大家。"

"是!"

马里乌斯消失在黑暗之中。

从那个晚上开始,直到我们到达雷谷都森林以前,我都在给凯撒他们讲述着我过去的战斗故事。凯撒和他的伙伴不愧是优秀的猎犬,大家都很绅士、很聪明,热情地接纳我融入他们的群体之中。

我不想和这群猎犬为敌互战。

我能不能想办法避免战斗呢?我虽然这样想,但现实当中,我们却离雷谷都森林越来越近了。

17

五天后,我和凯撒一行终于来到了雷谷都森林。

苍郁的繁木重重叠叠一直延伸到森林深处。不知道是不是因为近来林中多事,动物们都跑了出去,我们一路走来一直没有觉察到动物的气息。

凯撒说:"我们就在此处作别吧。祝你武运隆昌。"

"你也是。"

我离开了凯撒和人类的团队,转身向黑暗的森林深处走去。

马里乌斯看着约翰的背影,朝凯撒开口道:"司令官,咱们就这样把他放走了,这真的好吗?"

"没事。"

"不过,我总觉得约翰的目的和我们是一样的。"

"我知道。我也这样觉得。不过,不管他在还是不在,对我们都没有任何影响。但万一他变成了我们的敌人,我们就得把他除掉。"

我大步流星地往森林中走去,并不知道凯撒和马里乌斯在我身后谈论这些事。在路上,我发现了很多属于人类的痕迹,还有篝火的痕迹、猎犬的粪便、马的足迹……

来了不少人啊。

我小心翼翼地躲避着人类,朝森林的深处进发。

怎样才能到卢恩湖去呢?

如果能遇上什么动物,我应该可以向他问一问路,不过……

总之,我先在附近寻找一下小溪吧。小溪有可能会流向湖泊。我运用过去所有的经验和知识,开始寻找小溪。

在进入雷谷都森林的第三天,我终于发现了一条小溪。

现在有两种可能性:一种可能是,这条小溪会向湖泊流去;另一种可能是,这条小溪是源自湖泊,并将流向草原……

在这种时候,还是应该听从直觉。

我闭上了眼睛,开始想象这条小溪上游和下游的风景。我仿佛看到,在小溪的下游,清流从一块块巨岩间流出,汇入深绿色的美丽湖泊之中。

好!我要到下游去看看!

我朝下游方向走了半天后,小溪逐渐和其他几条小溪合流,到了黄昏时分,小溪的宽度已经增加到之前的三倍之多。

我不断越过地上的岩石和倒木,朝下游行进。

穿过一片茂密的林木后,我的眼前豁然开朗。就像我刚才在脑海中看到的那样,我的眼前是一片深绿色的湖水,美丽的湖泊一望无际。

哇!出来了!

我抬起头,看到高高的天空被夕阳染成红色,将我包裹其中。金色、橙色、红色和紫色混合成无法言说的色彩,倒映在明镜一般的湖面上。

真美啊!

夕阳和卢恩湖形成的能量,让我周身的细胞都颤动不已。

这幅美丽的、梦幻般的风景,让我更加深刻地感知到道奇口中"不可思议的家伙"的存在。

今晚就在这附近休息吧。

当傍晚的火烧云奏出的壮美交响乐终于告一段落时,我找到了一处很好的休息场所,在地上蜷起了身子。

终于平安抵达了卢恩湖。我放下心来,很快进入了梦乡。

"喂,起来。"

半夜,我突然睁开了眼睛。

我连忙环视四周,看到眼前站着两头巨大的白狼。

"你是谁?"

右边的那头白狼用低沉而又清透的声音向我问道。

那头白狼的体型很大,几乎是我的两倍以上,甚至比达显还要大。

"我叫约翰,是从季卡尔来的。"

我看着那头巨大白狼澄澈的绿色眼眸答道。

"你有什么事?"

左边的那头白狼又问道。

这头白狼的体型和右边那头几乎一样大,不知道是不是因为身经百战,他的右半张脸伤痕累累,还失去了左眼。而且他的眉间有一道和我一样的伤痕——一道马蹄留下的伤痕。剩下的那只右眼闪烁着深红色的光芒。

"我想去高地。"

我向那头独眼白狼答道。

"哦?高地……这样的谎言,我们是不会信的。"

独眼白狼仅剩的那只右眼中闪烁出赤红色的光芒。

"不,我没有说谎。我真的想去高地。"

接着,那头绿眼白狼说:"那我问问你。这里又不是高地,你为什么要到这里来呢?"

"我从季卡尔的库约那里知道了这片森林的事。"

"哦?"

"别被骗了!"

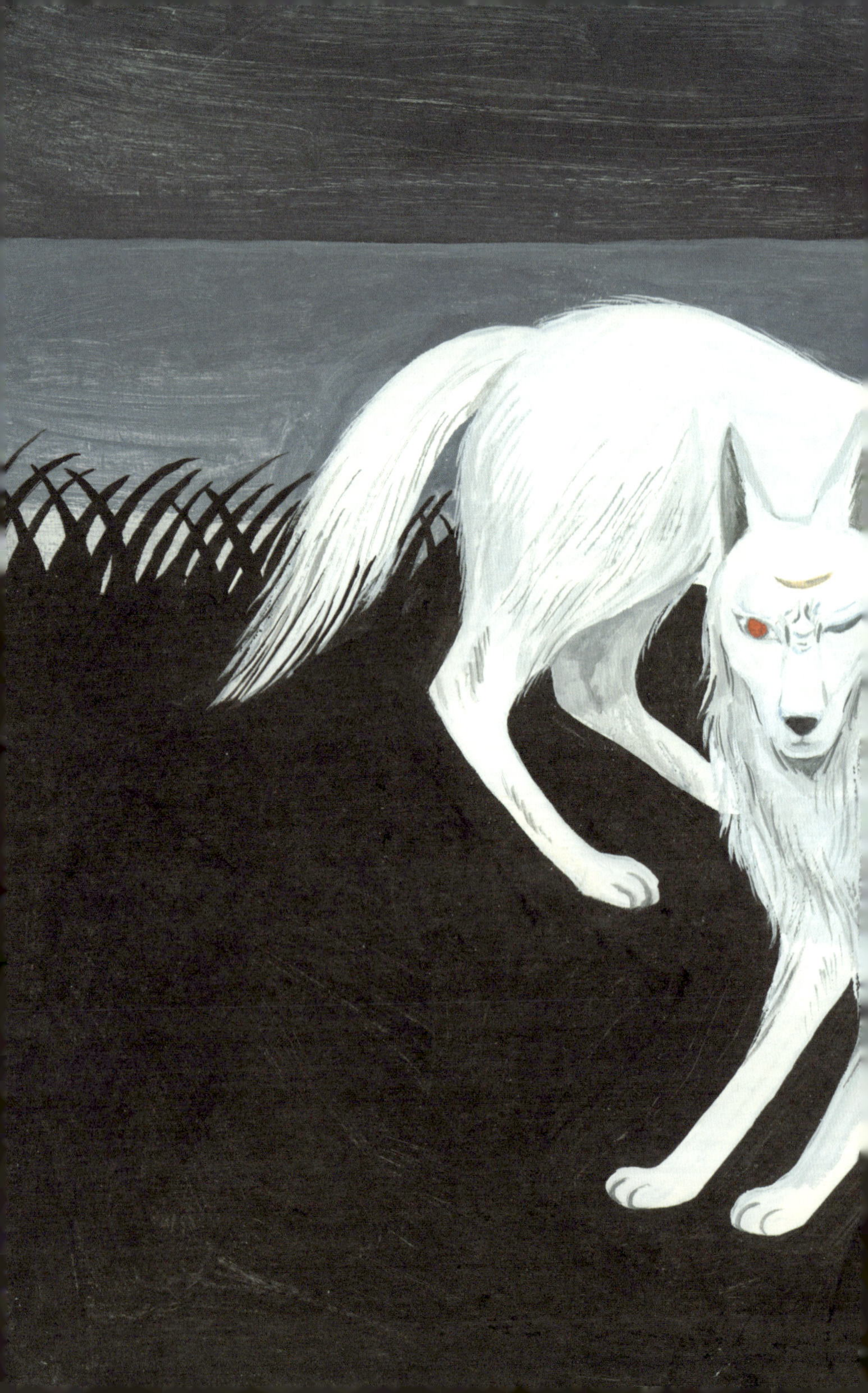

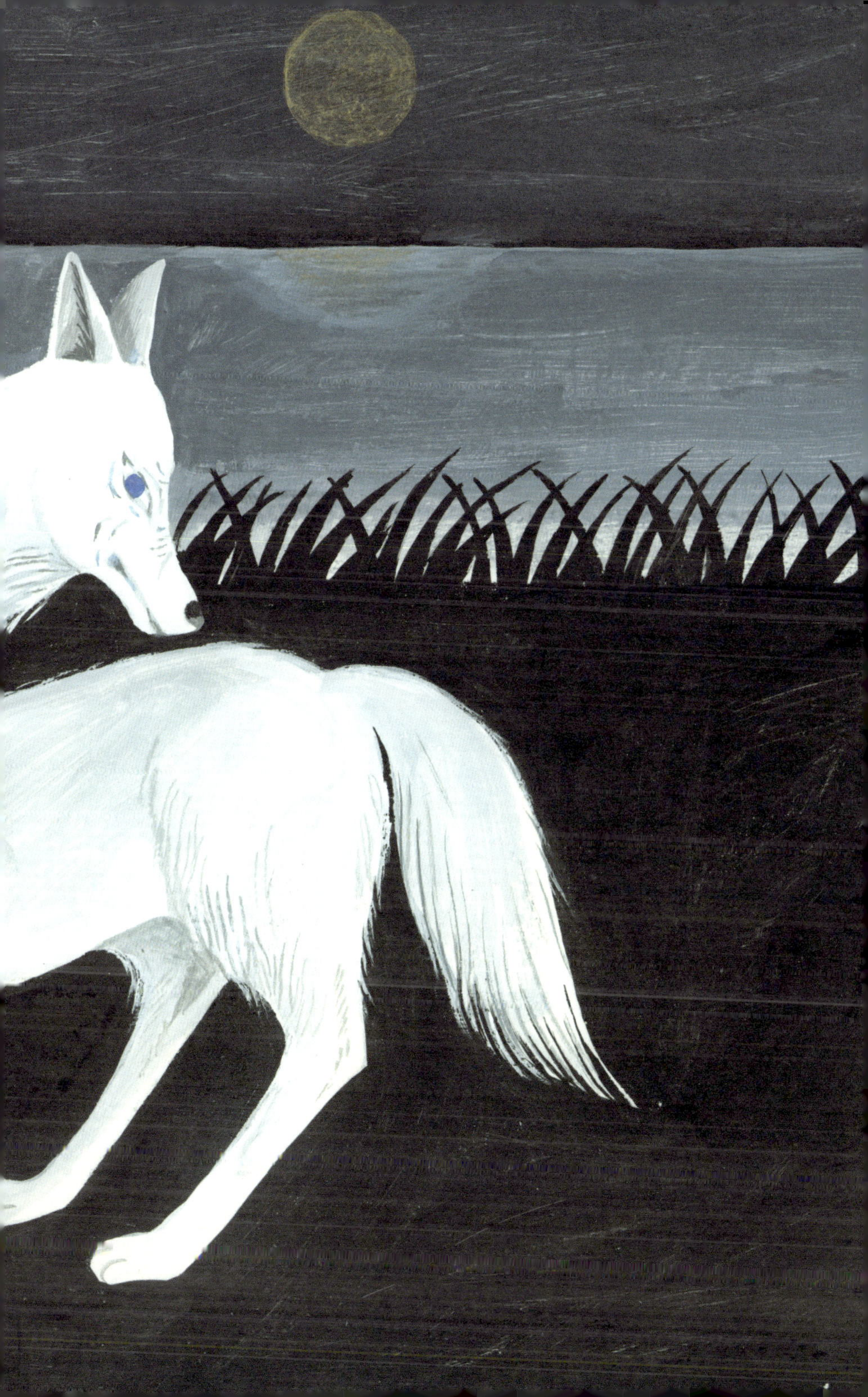

独眼白狼十分强硬地对绿眼白狼喊道。

"如果他在撒谎,那他什么话都说得出来。"

"我没有说谎!"

"这……"

独眼白狼用那只赤色的眸子盯着我,又露出獠牙威吓着我。

"等等,格托里克斯。别着急。"

那头绿眼白狼恢复了冷静。

"库约长什么样?"

"库约是一只上了年纪的老鼠……他可真不简单,可以看到很遥远的地方发生的事。库约的名字好像是……库约·亚历山大·富恩特斯?"

绿眼白狼紧接着问:"你在他那里学到了什么?"

"学到了很多……对了,比如,之所以会痛苦,是因为没有听到真正的自己的声音。"

我想起了加洛痛苦的样子。

"所以,绝不能忽视真正的自己的声音。要好好倾听真正的自己的声音。如果你的头脑完全被自我的声音占据,就会进入幻想的世界,会成为幻想世界的居民,被困在自我的牢笼之中,再也无法脱身。"

"这个家伙好像没说谎。"

"不对。那个家伙的名字是库约·亚历山大·埃斯科瓦尔·德·富恩特斯。"

那头叫作格托里克斯的白狼不耐烦地说。

"你们认识库约吗？"

"是，他是我们的伙伴。我叫韦辛。他叫格托里克斯。既然你是他派来的使者，那我们就认你这个朋友。你到我们这里来，肯定是有目的的吧。"

韦辛说完，死死盯住我的眼睛。独眼白狼好像叫格托里克斯。

"这家伙对我们根本没用。光靠我们就足够了。库约那家伙，为什么要把这条小狗派过来？他什么忙也帮不上。"格托里克斯盯着我说。

"格托里克斯，差不多就得了。"

"本来就是，韦辛。我们熟悉这片森林里的一切事情，而且进入这片森林的只有那些胆小鬼人类和小巴狗们。他们根本就不是我们的对手。跟他们战斗实在太无趣了。"

"格托里克斯，在人类当中，眼前这个家伙已经很能干了。你也知道这一点吧。这个家伙来到这里肯定是有目的的。你冷静点。"

韦辛批评完格托里克斯，转向我说道："我们都是查伦女神的守护者。只要有我们在，就没有任何动物能碰查伦女神分毫。"

"没错。"格托里克斯重复道。

"接下来我们带你到查伦女神那里去。跟我们来。"

韦辛说完,就消失在黑暗之中。我也急忙跟了上去。

第六章

女神查伦
——原谅与治愈

18

我们在幽暗的森林中曲曲折折地往前走去。终于,我的面前出现了一处洞穴。

韦辛默默走进了洞穴之中。又走了几十米后,我们来到一处铺满干草的空间里,空间的中央有一道光。

这是?

发光的是什么?

我眯起眼睛看向洞穴的中央。在亮光的正中心,一匹白马正起身看着我们。不可思议的是,那匹白马周身闪烁着银光。

是身体在……发光?

我难以置信地立在原地。

"看来,你也能看见。"韦辛说。

"看见?什么意思?"

"你能看见查伦女神在发光吧?"

"能看见。这话是什么意思?"

"有些家伙是看不到女神身上的光的,真不敢相信。"格托里克斯搭话道。

"什么?这光明明这么耀眼!"

韦辛答道："是啊。查伦女神说，能不能看见她的亮光，取决于观察者的振动频率。"

"振动频率？什么振动？"

"灵魂。灵魂的振动频率。如果灵魂在高频振动，越是微弱而又快速地振动，就越能感知到眼睛看不到的信息。库约的千里眼也是同样的原理。"

我怀着不可置信的心情，看向正大放光明的查伦。突然，我的心中响起了一个声音。

（你是约翰吧。）

咦？

我震惊地环顾四周，对上了白马的眼睛。

"查伦女神会直接和我们的心灵对话。"

（我知道很多关于你的事。在库约联系我之前，我就已经知道了。）

我的心中再次响起那个声音。那声音非常平静，就像是春日里的微风一样。

"知道很多关于我的事？你怎么会知道的？"

白马用她那双大大的眼睛盯着我。之后，我就像是得到了宽宥一样。我的内心深处，充满了温暖的放松感——那是我早已遗忘的母亲般的温暖，是难以言表的幸福感和安心感。

声音在我心中再度响起。

（我叫查伦，是白帝的妹妹。所以，我很久以前就知道你。）

什么！白帝的妹妹！

安心感和幸福感瞬间烟消云散。

白帝是我和人类联手杀死的西边森林的王。

是我杀死的！

怎么会这样！我该怎么办？！

这时，我的心中再次响起查伦的声音。

（不用惊慌。我看起来像在生气吗？）

查伦充满慈爱地笑了起来。

我根本不敢直视查伦的面孔，赶忙垂下眼帘。

（哥哥曾经对我说："人类那儿的猎犬当中，有个有趣的家伙。他迟早会听到灵魂的声音，来到我们这边——尽管不是现在。到那时，一定会有一场美丽的邂逅。为了那个时刻的到来，我要用蹄子先给他打上烙印。"他说的就是你，约翰。）

我根本抬不起头。我在完全不知情的情况下，杀死了白帝。

我回想起当初咬住白帝脖子的时候，那种獠牙钉入血肉之中的感觉，还有他汩汩涌出的鲜血带到我全身的那种温热感。我回想起，当身染鲜血的白帝轰然倒地、他生命之光彻底暗淡下来的时候，那毫无波澜的目光。

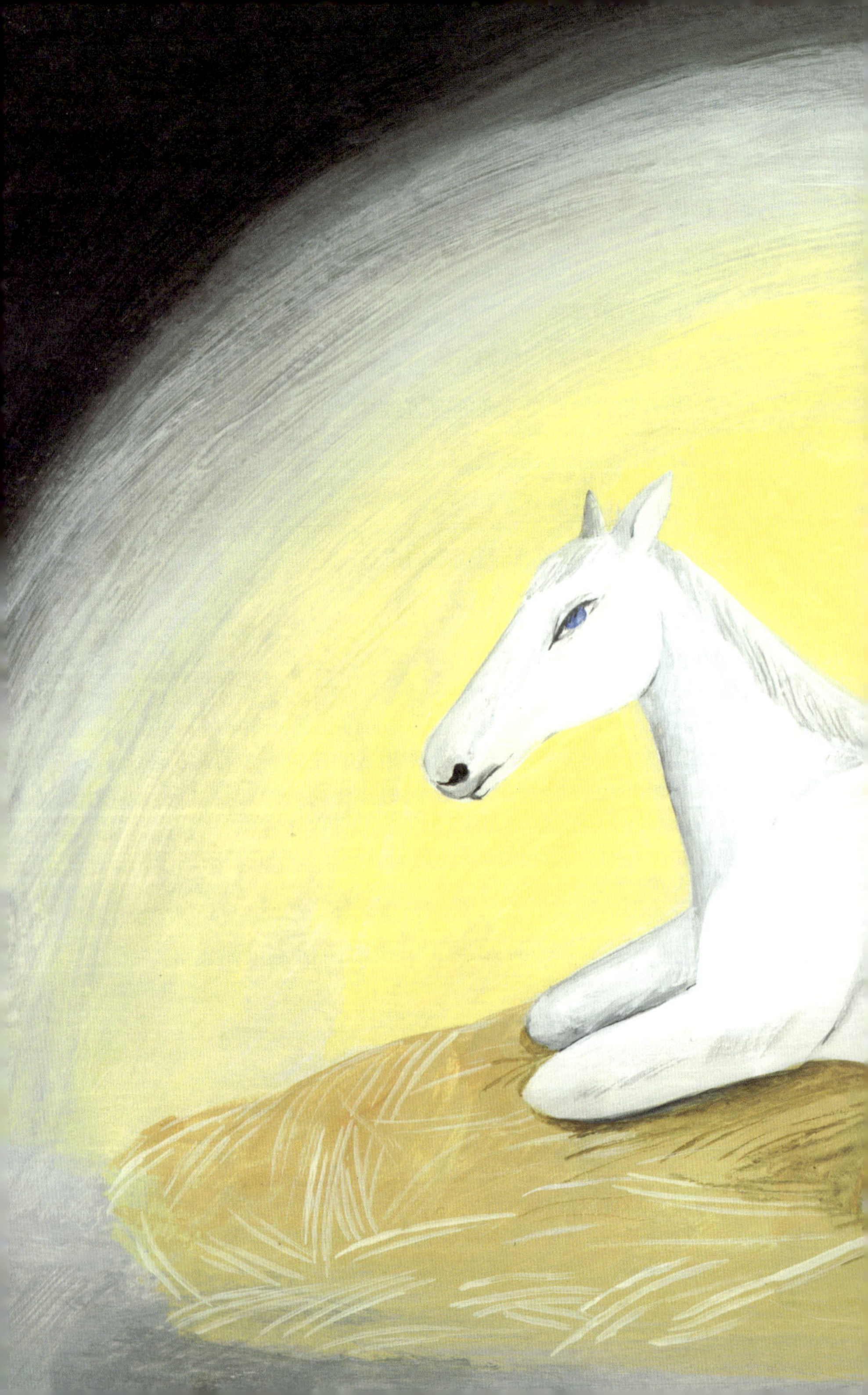

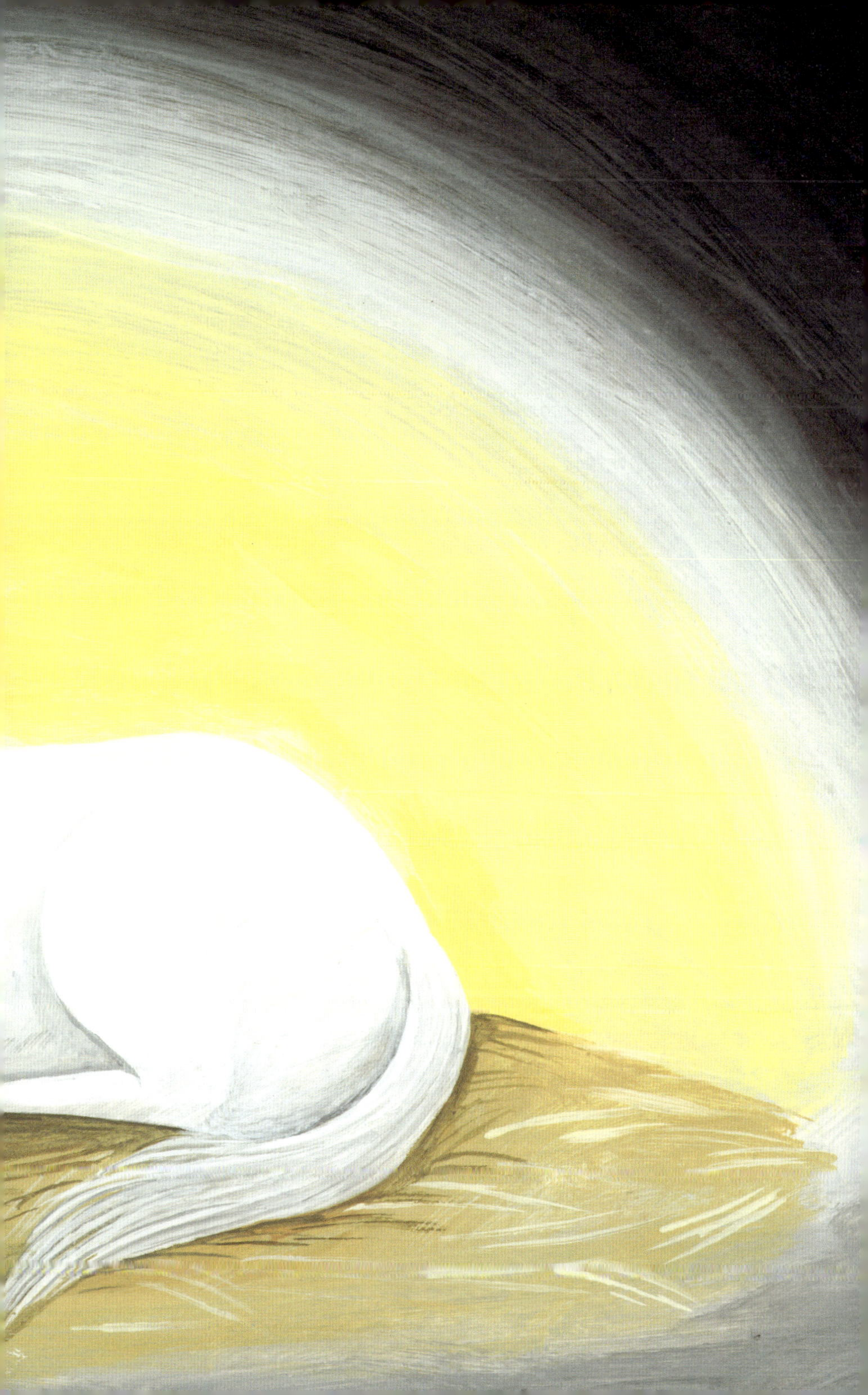

那一刻，长久以来沉睡于我心底的东西，像岩浆一样喷涌而出。

我究竟夺走过多少生命？

我究竟终结过多少动物的生命？

我究竟做过几次无用且无益的杀戮？

这样的我，不就是个杀手吗！

我不就是个愚蠢、无知、粗野、不可救药、十分差劲的杀手吗！

是啊，我是个杀手。

我是个杀手！

我不痛不痒、无痛无悲，毫无罪恶感和羞耻心，甚至满不在乎地夺去了很多生命，而我却一直活到了今天！

我竟然要以这样的身份到高地去？

一个杀手，竟然要到高地去？

这不可能！

干脆我就死在这里吧！

有没有谁能在这里杀了我，杀了这个无可救药的杀手。

我根本就没有活下去的价值。

（约翰，抬起头来。）

查伦温柔的声音在我脑海中响起。我缓缓抬头，看向查伦。查伦也用她那双大大的眼睛看着我。

（约翰，谢谢你出现在我面前。）

查伦用她那双充满慈爱的眼睛看着我。

（因为，你，就是我。）

我的胸腔里翻涌起一股热流。

（你的痛苦，就是我的痛苦。你的罪恶感，就是我的罪恶感。从很久很久以前，我就一直在等着你。）

我完全没法避开查伦的目光。

（此时此地，我原谅你了，以及那个在我心中的你……）

"我……我……"

（谢谢你约翰。抱歉让你感受到这么多痛苦。请你原谅我让你拥有一段痛苦的回忆。还有，我爱你……我真的很爱你……）

刹那间，我泪如雨下，全身的力气像被抽走了一样。我无力地趴了下来，神志也开始变得模糊。

（谢谢你……抱歉……请你原谅……我爱你……）

查伦的话在我脑中反复回荡着。我听着她那平静的声音，渐渐失去了意识。

过了一会儿，我睁开了眼睛。

"哦？你醒了？"

我听到格托里克斯的声音。

"查伦女神，他好像醒了。"这是韦辛的声音。

我赶紧站起身："发生……发生什么了？"

韦辛说道："约翰，你见到了查伦女神，沉入了自己无意识的最深处。于是，你一直视而不见的痛苦和罪恶感纷纷涌了出来。"

的确如此。自己是多么残忍的杀手……我一直没有发现这一点。等我发现的时候，竟会如此痛苦。

"之后，你的无意识转化成意识，又和查伦女神的祈祷整合在一起，你被成功治愈了。"

"整合？"

"你过去一直视而不见的、一直无法原谅的自己得到了治愈和原谅，这就是整合。"

格托里克斯竟然说出这么高深莫测的话——这可真不像是他能说出来的。

"对查伦女神而言，你的伤口就是她的伤口。所以，当查伦女神治愈自己的伤口时，你的伤口也就得到了治愈……因为，我们是一体的。"韦辛说道。

"原来如此……查伦女神，谢谢。我现在非常痛快，就像是换了一副躯壳一样。"

第六章 女神查伦——原谅与治愈

（在你的帮助下，我也治愈了自己。谢谢你到这里来。）

"好了，这件事告一段落了。那么，接下来你打算做些什么呢？"格托里克斯问道。

（约翰，请你听从自己灵魂的声音。那才是你应该遵循的路径。）

查伦的声音在我心底回荡。我闭上眼，遵从着我内心深处泛起的感受回答道：

"我要留在这里一段时间。"

"哦？为什么？"

格托里克斯的赤红色眼睛中闪着点点亮光。

"现在这片森林十分危险，来了很多人类和猎犬。过去，我也曾是一条猎犬。我觉得我肯定能帮上什么忙。"

格托里克斯说："很遗憾，我们并不需要你。因为，这个森林本身就是一个生命体。这片森林里的所有动物都能给我们提供情报。所以，无论人类和猎犬在哪里，无论他们想干什么，都绝对无法捉到我们。"

我想起了凯撒。

"可是，现在进入森林的这个团队和过往的其他团队都不一样。他们是非常出色的猎犬队伍。和之前的人类、猎犬是不一样的。"

"没事。都是小菜一碟。"

"等等,格托里克斯。咱们有必要听听约翰说的话。更重要的是,查伦女神让约翰自己做选择。咱们不应该干涉约翰做出的选择。"

"好吧,我知道了。不过约翰,你可不能拖累我们。"格托里克斯无奈地说。

"另外……我的伤也是被白帝那家伙给弄的。"

格托里克斯不好意思地说完,朝我笑了笑。

19

我开始守护女神查伦。如格托里克斯所说,他们的确能察觉到人类和猎犬的一切动向。森林的动物们会源源不断地将相关情报传递过来。

有时是黄莺,有时是雄鹰,有时是野兔……我们根据这些情报提前拟定作战计划,完全避开了人类的耳目。

有一次,当大家都在休息时,查伦突然抬起头,站起身。

(我必须过去。)

"查伦女神,请您等等,我们先去勘察一下情况。"

韦辛高呼一声,将飞翔在空中的雄鹰喊了过来:"你去勘察勘察。"

不一会儿,雄鹰就飞了回来:"没有异常。只有一匹受伤的小鹿,除此之外什么动物也没有。"

"好的。我们走吧。"

"约翰,你也一起来。让你见识见识查伦女神的力量。"

我接受了韦辛的邀请,跟在查伦、韦辛和格托里克斯身后走入了森林。

走了一会儿之后,我们看到了一头小鹿,他正有气无力地蹲伏在一棵大树下。小鹿见到查伦,无力地说:"啊,查伦女神,您来了!谢谢您!"

小鹿的后腿上有一处枪伤。应该是被人类打中的。他的失血量很大,甚至连抬头都很费力了。

查伦开始与小鹿的心灵进行交谈。不可思议的是,我的心也能听到查伦的声音。

(不必谢我。因为这是我的使命。)

查伦闭上了眼睛,将鼻尖靠近小鹿。之后,查伦周身的银光愈发闪耀。那光环越来越大,将小鹿包裹其中。

查伦好像在施某种法术。

白色的光芒渐渐变成黄色,紧接着又变成了暖橙色。那暖橙色的亮光持续了一会儿又逐渐隐去,查伦终于恢复了平时的样子。

接下来,小鹿竟然元气满满地站了起来!

"查伦女神,查伦女神!谢谢您!真的非常谢谢您!我能回到母亲那里去了!"

小鹿欢快地一蹦一跳。

(回到你家人身边去吧。)

小鹿深深地低下头,之后便消失在森林深处。

"看到了吗,约翰?这就是查伦女神的力量。"格托里克斯得意地说。

好厉害……

"只要查伦女神在一天,这片森林就会有一天的安宁。"

(不,格托里克斯,你说得不对。现在正是因为我在这里,森林中的动物们才会遭遇危险。)

"不,查伦女神,这片森林需要您。人类就交给我们来对付吧。"格托里克斯对查伦说道。

韦辛突然插话道:"等等!你们以后再说这些话吧。咱们必须赶紧回去!"

我紧张地看向韦辛,韦辛对我使了个眼色,小声说:"有谁在靠近我们。"

我也感受到了那种气息。似乎是几条狗。不知道他们是不是追着刚才那头小鹿过来的。

"快跑!"

格托里克斯第一个跑了起来。我们也紧随其后,离开了这个是非之地。

过了一会儿,几条狗来到了刚刚约翰他们站过的地方。是凯撒团队的猎犬们。

又过了一会儿,马里乌斯也到了。

"真奇怪。他受了那么严重的伤,应该跑不远的啊。"

马里乌斯难以置信地自言自语。另一头猎犬呼唤着马里乌斯："来这里看看。"

那里是刚才那头小鹿曾经趴过的树干下。树干根部还残存着大量血迹。

"真奇怪，他流了这么多血，应该早就不能走动了……"

马里乌斯十分不解。这时，凯撒和后续部队一起赶了过来。

"司令官，您来这儿瞧瞧。"

凯撒被马里乌斯叫了过去，盯着马里乌斯指出的那一大摊血迹说道："出现了。"

"出现了？什么意思？"

"那匹拥有不可思议力量的马。看来是那匹马治愈了我们的猎物。除此之外我想不到其他可能。"

"什么？难道传闻竟然是真的……"

"看起来是这样。那么我们就有了新的作战计划了——捉住那个家伙。"

"是！"

"把这个计划通知所有猎犬。今晚的作战会议，要求小队长以上职务的猎犬全员出席。"

"是！明白！"

第六章 女神查伦——原谅与治愈

我和查伦他们一起回到山洞之后,总也无法冷静下来。查伦似乎察觉到了这一点。

(约翰,如你所见,我拥有治愈的力量。这股力量是我的家族代代相传的。)

"这么说,白帝也拥有这股力量?"

(不,在每一代子孙中,这股力量只会传给其中一个,而且只会传给女性。在我之前,是我的母亲拥有这股力量。)

"原来是这样……"

"所以,我们必须守护女神。"韦辛平静地说。

"你也来帮忙吧。"格托里克斯补充道。

(不,格托里克斯。约翰结束了在这里的事情之后,就会踏上下一段旅途。那是属于他的道路。)

"是,是,我明白了,查伦女神。"格托里克斯开玩笑似的答道。

"可是,只要我在这里一天,就会帮一天忙的!"

(谢谢,那我就安心了……)

查伦开心地眯起那双大大的眼睛。

可是……如果那群猎犬真的是凯撒的队伍,他们肯定不会善罢甘休的。

我的心中掠过一丝不安。

20

又过了几天,查伦又像那个时候一样,缓缓抬起了头。

(我必须过去。)

韦辛又像那个时候一样,答道:"查伦女神,请您等等,我们先去勘察一下情况。"

他把雄鹰叫了过来,命令他去勘察周围的情况。过了一会儿,雄鹰飞了回来。

"好像有一匹雌鹿被人类袭击受伤了。但我在附近没看到人类的身影,这有点诡异。我感到很奇怪。有种无法言说的奇怪……"

"是怎样的奇怪呢?"

"明明有动物被人类袭击了,但我却没有察觉到人类或猎犬的气息。那袭击了那头鹿的家伙到底在哪里呢?"

"……"

韦辛抬头望天,思考了一会儿之后才慎重地说:"查伦女神,我认为您这一次还是不去为好。这可能是人类的陷阱。"

韦辛又转头看向我,问道:"约翰,你的意见呢?"

"我也觉得不去为好。"

格托里克斯听完说:"韦辛,即使这是个陷阱,那些家伙又能做什么呢?我可以把他们一脚踢飞。"

"格托里克斯,千万不要看不起人类。那些家伙的武器可以一瞬间夺走我们的生命。"

韦辛说完,又转向查伦说:"虽然很遗憾,但这次就……"

这时,查伦突然打断了他。

(我必须去。)

"可是……"

韦辛想要说些什么,查伦却再次打断了他,语气强硬。

(如果那头鹿是因我而成了陷阱中的诱饵,那我就更要过去了。)

"可是,如果查伦女神您在那里出现了什么闪失……"

查伦毅然决然。

(如果这样……那我也全盘接受。如果世界为我准备了这样的命运,那我也欣然接纳。)

"查伦女神,请您放心。我不会让这样的事情发生的。我拼上性命也要保护您。"

格托里克斯的眼睛中闪烁着赤红色的光芒,忽地站起身来。

韦辛听了查伦的话后,下定决心说:"我也要去。我也会拼上性命来守护您。约翰,你呢?这次可是要去拼命的。"

"我当然要去。这还用问吗？"

查伦朝自己感知到的方向走去，没有一丝迟疑。我走在查伦右侧，韦辛走在查伦左侧，格托里克斯则跟在查伦身后，我们三个万分警觉地观察着周围的情况。刚才那只雄鹰说得不错，周围完全没有任何人类或猎犬的气息。然而，四处却又残存着猎犬的气味。

这气味很像是凯撒队伍的气味。环境很是诡异，这很可能是凯撒的陷阱。

我朝韦辛看去，他朝我点了点头，仿佛在说："我已经知道了。"

我们小心翼翼地在森林里走了二十分钟左右，来到一处树木稀少、相对明亮开阔的地方。在这处开阔地的正中央，有一只动物正趴在那里。似乎就是查伦感知到的那头雌鹿。

查伦毫不迟疑地朝那头鹿走去，开始和雌鹿的心灵对话。

（真可怜……对不起。你一定很疼吧？我马上就给你治疗。）

说完，她将鼻尖凑近雌鹿，闭上了眼睛。之后，查伦的身体再次闪烁起银色的光芒。

我再次为眼前这幅场景而惊叹不已。不过与此同时，我还是对周围保持着最高等级的戒备。

查伦周身的光芒越来越耀眼。当那光芒达到最亮，白光即将变为金光之时，刚才的那只雄鹰突然急急忙忙飞了过来。

"不好了！猎犬过来了！数量非常多，而且跑得非常快！"

我忙看向查伦，可查伦还在继续治疗。韦辛低声说："她一旦开始，就不能中途打断。做好一决生死的准备吧，约翰。"

格托里克斯露出了兴奋的笑容。

"查伦女神，请您快一点。"

虽然韦辛出声催促，但查伦还是无言地继续治疗。

查伦和雌鹿的身体开始一齐发光。

（快！快一点！）

韦辛和格托里克斯一直盯着猎犬们可能出现的方向。我也将周身的力气都注入了肌肉之中，弓起身子，保证自己能在猎犬们到来后的短时间内保护好查伦。

我感受到成群结队的猎犬跑来的气息，听到了猎犬们来自四面八方的脚步声。不愧是凯撒，现在这片广场似乎已经被完全包围起来了。

猎犬以数匹为单位集结在一起。这些小团体放慢了速度，从四面八方小心翼翼地缩小着包围圈，朝我们越走越近。

"呵……他们还挺能干的嘛。"格托里克斯自言自语道。

韦辛似乎正在冷静地评估眼前的状况。我也拼命地寻找着包围圈的突破口。然而，还没等我们找到对方的破绽，猎犬们就已经出现在我们眼前了。

我面前这只黑色猎犬,果然就是凯撒。韦辛面前是几条猎犬小队长。格托里克斯面前的,则是马里乌斯和他的部下。我们已经完完全全被包围其中了。

"约翰,我们又见面了。"凯撒用他低沉而富有磁性的声音平静地说道,"我劝你赶紧投降,现在还不晚。"

"我拒绝。"

"我就知道你会这样说。我只是想表达一下对你的敬意。"

凯撒说完,笑了起来。

接着,他朝韦辛和格托里克斯的方向冷冷地说:"我们想要的是这匹马。这匹马是我们的猎物。你们还是放弃抵抗,乖乖把她交出来吧。几头狼竟然会为了保护一匹马而丢掉性命,传出去真是让人笑话。"

"喂,黑色的家伙,你听好了。"格托里克斯笑道,"我姑且饶了你的性命。赶紧夹起尾巴回到人类那里去吧。"

凯撒的嘴边浮现出笑意:"在现在的状况下,你竟然还能说出这样的话,真是了不起。不对,又或许你只是个弄不清楚状况的傻子。"

韦辛向凯撒问道:"人类为什么会想要这匹马呢?"

"是我想要这匹马。人类只不过是凑巧和我想要一样的东西而已。"

"哦?你好像把自己想要的东西和人类想要的东西搞混了。"

"没有搞混。就是一样的。"

"那我问问你,得到了这匹马你会获得什么好处呢?"

"在我们的辉煌战绩中,再加入一个新的勋章。"

"勋章……收集勋章到底有什么用呢?"

"它们证明了我无可媲美的优秀。而这种证明会越积越多。"

我反应过来,韦辛是在通过与凯撒对话,为查伦争取治疗的时间。我看了看查伦,她的治疗应该已经接近尾声了。于是,我也加入了论战。

"凯撒,你已经无可媲美了。大家都认可你,不是吗?那我再问问你,如果你已经成为所到之处无可媲美的强者,那么接下来,你打算做些什么呢?"

"约翰,我们会成为传说,获得永恒的生命。"

"呵呵,真傻。"格托里克斯嘲讽道。

凯撒用锐利的目光紧紧盯着格托里克斯,说道:"燕雀安知鸿鹄之志哉?"

(凯撒,你也还有很多要学习的东西。)

突然间,查伦的声音在我脑中响起。不知何时,查伦已经结束了治疗,正静静地看着凯撒。

凯撒环视四周。他惊讶的表情说明，他已经发现了查伦不是用语言说话，而是在与他的内心直接对话。不过很快，他就调整好了心情，朝查伦说道："身怀不可思议力量的骏马啊，快快归顺于我们吧。只要你归顺我们，我就饶过你那些可怜部下的性命。"

查伦没有回答这个问题。她只是用如春日里的小溪一般温柔的语气，问了凯撒一个问题。

（凯撒，你到底为什么受了这么重的伤呢？）

"受伤？我？"

查伦的话实在太令人始料未及。凯撒一瞬间有点不知所措。

（不错。你伤得太重，以至于必须攻击我们、伤害我们、杀戮我们才能得到治愈。你究竟是被什么所伤的呢？）

"你在说什么？受伤？没有任何动物伤害过我。我过去没有受过伤，未来也不会。"

（不对。你所有的攻击，其实背后都蕴含着渴望被爱的心声。在我看来，你只不过是一条不断求助的幼年小狗而已。你自己不明白这一点吗？）

查伦温柔地告诉他。

"什……什么！"

所有在场者都在聚精会神地听着查伦和凯撒的对话。

就在这时,响起了一声锐利的尖号。

啊!

"查伦女神,来这边!"是韦辛在叫。

我顺着声音看过去,韦辛的脚下倒着两条猎犬小队长。包围圈中的其他猎犬战战兢兢地不敢靠近,包围圈已经出现了一个缺口。

查伦像是早已感知到那里会出现一个缺口一样,飞快地从那里突围了出去。

21

在查伦顺利突围以后,韦辛、我、格托里克斯也全力追赶上去。趁着猎犬团队失去了小队长、短暂惊慌之时,我们把他们远远甩在了身后,成功脱离了包围圈。那头被当作诱饵的雌鹿,也趁乱不知跑到了哪里。

我为查伦的奔跑速度而惊叹不已。她平常动作慢条斯理,很难相信能爆发出如此的脚力,即使我全力追赶也很难追上。

不愧是白帝的妹妹。

凯撒军团的声音,霎时间被我们甩在身后。

我们穿过森林,穿过布满大块岩石的林间路之后又跑了一会儿,我感到后面已经没有追兵了。

已经成功逃出生天了吗?

这时,韦辛突然停下脚步。

韦辛看着眼前这条笔直的小路。沿着我们眼前的这条路再往前走一点,左右两边就都是悬崖,走在路上的动物根本无法逃向两边。

"约翰,你怎么想?"

不错,这里是一处绝佳的伏击地点。如果我是凯撒,我一定会在前方安排伏兵的。

"嗯……我觉得应该是有伏兵的。"

"果然……"

我看向旁边，在进入悬崖间的窄路前，道路两旁的平地上满是凸起的岩石。这些岩石虽然对我们来说不成问题，可却会妨碍到查伦，她就无法快速通过了，一不小心就可能崴了脚。即使我们跑到那里，也很快会被凯撒追上。

不愧是凯撒，一切都在他的掌控之中。

韦辛冷静地说："查伦女神，那边恐怕有埋伏。左右都是悬崖，无法逃脱。我们的身后还有追兵。一旦我们进去，就会被瓮中捉鳖的。"

身后，凯撒手下追兵的叫声越来越近。

"查伦女神，我们不要进入前面那条窄路，就从这些岩石之间往西跑吧。"

韦辛说完，指了指我们与悬崖之间布满岩石的区域——这个区域看起来就不好通过。

（韦辛，全都交给你了。）

"可是，这个地方全是石头，根本无法快速通过啊！"我问道。

"的确如此。查伦女神无法快速通过这里。肯定会被追上的。不过，格托里克斯……"韦辛说到这儿，向格托里克斯投去一个意味深长的眼神。

格托里克斯笑道:"交给我吧,韦辛。殿后是男儿的勋章。再会吧。查伦女神,请您出发。"

(格托里克斯……)

查伦罕见地犹豫起来,似乎还想说些什么,格托里克斯叫道:"约翰,查伦女神就交给你了!快!跟上韦辛!"

格托里克斯朝着凯撒军团的方向,全速跑回了我们刚刚来时的路。

韦辛目送着格托里克斯离去的背影,过了一会儿才说:"查伦女神,咱们走吧。约翰,走!"

我们没有进入悬崖间的小路,而是向西出发,快步跑进了那片布满岩石的区域。幸运的是,这里似乎并没有埋伏追兵。可是,这里布满了石块,很难快速通过。我和韦辛也就算了,查伦女神更是跑不起来。

啊……这样下去,我们说不定会被追上的。

格托里克斯,拜托了……为我们多争取一点时间!

"真是难缠的对手……"马里乌斯说道。

在凯撒军团面前,格托里克斯正一动不动地站在路中央。左右两边都是巨岩,无法通行,道路的宽度又仅容一头动物通过。在路中间,格托里克斯那只仅剩的眼睛里发出深红色的光芒，盯着凯撒。

"不打败这个家伙，咱们就没法前进。"马里乌斯说道。

凯撒向前踏了一步，说："独眼狼，你为什么不惜性命也要保护那匹马呢？"

"呵呵，你们这些猎犬，除自己之外没有任何需要守护的动物，你们是不会明白的。"格托里克斯冷静而坚定地说道。

"真是愚蠢的选择。不过，看来你已经做好必死的准备了。那我就成全你，让你去死。"

凯撒说完，朝身后的部下们使了个眼色。紧接着，几条猎犬扑向了格托里克斯。格托里克斯格挡、撕咬、飞踹着朝自己扑来的猎犬，死守在道路中央。

凯撒再次使了个眼色。其他猎犬团队朝格托里克斯的腿部发起了攻击。格托里克斯腿上被猎犬咬伤。但尽管如此，他依然没有屈下膝盖，而是从上往下狠狠咬住了咬伤他的猎犬。猎犬们吃痛被迫松口，格托里克斯趁着这个机会把他们一一抛了出去。

凯撒再次使了个眼色。

这一次，马里乌斯等身形巨大的猎犬朝格托里克斯扑了过去。格托里克斯四肢蓄力，用整个身体承受住了他们的进攻，狠狠咬住冲在最前面的马里乌斯的咽喉，将马里乌斯的身体甩动起来。于是，发起冲锋的猎犬们都被马里乌斯的身体撞飞出去。

凯撒皱了皱眉,又使了个眼色。紧接着,其他猎犬团队开始向格托里克斯发动一波又一波的攻击。

已经身负重伤的马里乌斯也站了起来,重新加入战斗当中。

战斗场景惨不忍睹,但双方仍在不断拉锯。格托里克斯简直像拥有赤色独眼的鬼魅一样。

然而,格托里克斯毕竟寡不敌众。他逐渐体力不支,伤势也越来越重。凯撒每次发出指令,就会有精神振奋的猎犬团队来替换之前的团队,向格托里克斯发动袭击。

"还……还不行……还不行……"

格托里克斯一边自言自语,一边死命战斗。突然,格托里克斯背后出现了其他猎犬的叫声,而且这叫声越来越近。

格托里克斯心想:是之前一直埋伏着的家伙……他们正回到这边来。太好了……他们跟丢了查伦女神……

埋伏失败的猎犬们听到了这边的骚动,于是纷纷撤兵回来。现在,格托里克斯的前后退路都已经被堵死了。

"等等!"

凯撒低沉冷峻的声音响起。袭击格托里克斯的猎犬们齐刷刷退到了后面。

"独眼狼,你在战斗中表现得很好。你应该也发现了,你已经被完全包围了。战斗的结果显而易见。放弃吧,归降于我们!"

凯撒惋惜地看向格托里克斯。

格托里克斯的身体已经被自己和其他猎犬的血染成了深红色。他的口中还紧紧咬着一只失去了反抗之力的猎犬,他松开了口,那条猎犬无力地滚落到地上。格托里克斯的口中滴着血,像鬼魅一样兴奋地笑道:"哈哈哈!喂,黑狗,你知道自己在朝谁说话吗?老子可是格托里克斯!老子只会听自己的话!老子不会听除我之外的任何动物的指挥!"

"真遗憾。不过,你的确是个强者。没办法,我只能为你做这最后一点事了。我不会让你多受罪的。"

凯撒说完,在电光石火之间就咬住了格托里克斯的咽喉。其他猎犬见状,从前后左右一齐扑向了格托里克斯。

格托里克斯站的地方,瞬间被无数猎犬淹没。

与此同时,我们刚刚穿过那片布满岩石、难以通行的区域,绕过森林,来到一处隐蔽住所。

"韦辛,不知道格托里克斯怎么样了?"

"我也不知道。不过,是格托里克斯拼死争取到了时间,我们才能得救。"

韦辛目不转睛地盯着前方的路。

查伦一言不发地往前走着。以查伦的能力,或许已经知道格托里克斯安全与否了。

难道……

不,那可是格托里克斯啊!他一定会有办法的!

我不再想那些不吉利的事,大步流星地往前走去。

22

那天傍晚,凯撒听到了猎捕查伦计划失败的消息,很是苦闷:"我们被他们给耍了!"

"是的。他们途中似乎几次涉水而过,所以连气味都闻不见了。"

"我知道了。你退下吧。"

"是!"

凯撒望了望天,突然想起了什么似的,朝前走去。

走了一会儿,他停下脚步,缓缓低下了头。凯撒视线前方,是格托里克斯。他原本雪白的身体已经被自己和敌人的血染成了红黑色,此刻正无力地躺在地上。

"独眼狼,你的主人已经跑掉了。"

格托里克斯乍一看像已经死了一样。可令人惊讶的是,此刻他竟微微睁开了那只独眼,气若游丝地开口道:"当……当然。呵呵……你们……你们真是活该。"

"你为什么要笑?你明明马上就要死了。"

"因为,我已经满足了。黑狗,你……你是不会明白的。"

"满足?你输给了我们,马上就要失去性命,你有什么可满足的？"

"我拼尽了全力。我用尽了最后一点力量。接下来，我的其他同伴会有办法的。我……我已经满足了。所以我才想笑。"

"哦？你这是在逃避问题。你输给了我们，马上就要死了。你在逃避这个结果，妄图逃进廉价的自我满足的世界。"

格托里克斯将飘忽的视线定格在了凯撒身上，说："哦？要让我来说的话……你才是在逃避。"

"你说什么？我在逃避什么呢？"

"你就是在逃避。你在逃避'你自己'。"

"什么？"

"你好不容易降生在这个世界上，明明可以做很多事……明明有自由，有力量，有机会……却被人类呼来喝去……你眼里只有狩猎这一项职责。"

格托里克斯断断续续地说到这儿，深吸了一口气，接着说道："你……你只为了所谓的职责而生活……你否定职责以外的所有可能，借此逃避内心中真正的自己的声音、灵魂的声音。"

"你在说什么傻话……"

"这……这样的你，实在让我为你感到可怜。"

"什么？！可怜的是你！我们要把你杀了，毫无怜悯地杀了，毫不犹豫地杀了。因为，我们比你更优秀！"

"呵呵，真是可怜的家伙……竟然……你竟然还在说这些话……这个世界上，没有谁更优秀，也没有谁更低劣。大家都是一样的。我之所以会死在这里，是因为我自己做出了这样的选择……我因自己的意志而死。我遵从了自己灵魂的声音而死。"

"你说这些没用。我迟早也会抓住你的主人的。你死也白死，没有任何意义。"

"喂，黑狗，你还真是个可怜的家伙。死亡会降临到每个动物的身上。你知道在死前我们会被问到什么吗？你知道在死前，我们会被宇宙中伟大的存在问到什么吗？"

"……"

"真……真正重要的，是'你是怎样活的？'……临死的时候，才是我们的'存在'接受拷问的时刻。和你拥有什么无关，和你的地位无关，和你的功绩、勋章、证明都无关。在那个世界里，你无法拥有这些羁绊。在临死前，我们只会被问到，'你是怎样活的？你的存在是怎样的？'只有这一个问题……"

"……"

"我终此一生，一直在活出自己。我'真正在意的东西'，我做到了对它们真正在意。年……年轻的时候虽然没有做到，但……现在……我做到了。仅凭这一点，我此生无憾。"

"你还真是嘴硬……"

"黑狗，你弄错了一件非常重要的事。我……我这是为你好,才会给你留下这样的临别赠言。"

"我弄错了?"

"你认为夺去对方肉体的生命就是胜利。可是,肉体只不过是存在的其中一部分而已。即使毁坏了对方的肉体,你也无法毁坏对方的灵魂。是的,灵魂不死。换……换句话说,你从没有打败过任何对手的灵魂。真可笑。哈哈哈。太遗憾了。你此前的所有努力,都弄错了方向,全无用处。哈哈哈哈。"

"什么?别再胡搅蛮缠了!"

"你还不明白吗?那么,我用你喜欢的用词再跟你说一遍。你可以让我的肉体机能完全停止。可是,你无法夺去我的灵魂。灵魂无法被任何动物夺走,同样,我也无法夺走任何动物的灵魂。换句话说,真实的世界中其实没有胜负,这些不过是你的自我创造出的不值一提的幻想罢了。"

"我不信!"

"其实,你已经明白我在说什么了。我……我的死期就要来了。最后和你的这场谈话,让我很高兴。再见。我在那边等你。"

格托里克斯闭上了眼睛。紧接着,人类走了过来,看到凯撒身前躺着的格托里克斯,说道:"哦?这是头狼?白狼可相当罕见啊……不过它的皮毛上破了不少洞。真是的……凯撒说到底也只是条狗,完全不明白皮毛的价值。不过,毕竟也没法对一条狗说'你要理解'。"

人类说完，胡乱朝格托里克斯的胸口开了一枪。格托里克斯脸上露出满意的微笑，停止了呼吸。

人类回过头对凯撒说："凯撒，今天的你可不像往常的你。咱们损失了很多猎犬。你再这样下去，就无法参加下次狩猎了。那些受了重伤的家伙已经成了累赘，明天一早就把它们解决了吧。"

人类转身朝帐篷走去。

凯撒马上领悟到人类的意思。凯撒的主人是说，那些直到昨天都还是伙伴的猎犬已经成了累赘，所以要把它们枪杀。这样的事从前也发生过。不过这次要解决的数量格外多。

凯撒开始不知所措。

我们和人类，不是平等的合作伙伴吗？

我们即使不借人类之手，也曾打倒过无数强敌，不是吗？

仅靠我们自己也能狩猎，也能取得辉煌战果，不是吗？

人类什么都不做，却享受着我们的战果，不是吗？

所有的这些战果、勋章、证明，都是我们辛苦得到的，不是吗？

可是……

我们竟然是能被如此轻易丢下、轻易杀害的存在吗？

我们……

到底是什么？

是如此渺小的存在吗？

如果是这样，那我们和过去狩猎的猎物有什么不同呢？

不，这不可能……

这不可能！

格托里克斯的声音在凯撒脑中回响。

"你被人类呼来喝去……你眼里只有狩猎这一项职责。"

呼来喝去？

眼里只有这一点东西？

"你就是在逃避。你在逃避'你自己'。"

逃避？

我……

凯撒看向格托里克斯那只失去了光泽、遥望着虚空的赤色眼睛。突然，他想起了约翰的话："我们的本质是自由。我们并不是为了被人类饲养、为了向人类尽忠而生的。"

本质是，自由……

凯撒狠狠摇了摇头，努力摆脱这句话。接着，他站了起来，朝重伤者的聚集地走去。

23

我们回到了之前的藏身之所,心情十分低落,也顾不上合眼休息,直接坐在了地上。

"格托里克斯……还好吧?"我向查伦确认道。

查伦抬头看了看天空,随即闭上了眼。

(格托里克斯……很遗憾,我们所熟悉的格托里克斯已经不在了。)

我的心中响起了查伦的声音。

"这是,死了的意思吗?"

(很遗憾,是的。)

查伦说完低下了头。我也垂着头。可我越来越无法控制自己的心情,用强硬的语气对韦辛说道:"可是,韦辛,格托里克斯不是跟我们说过再会的吗!"

"嗯,可那句话的意思是,在失去了这具肉体之后,我们会在那个世界里再会。"

"这么说来,韦辛,你从一开始就知道事情会变成这样?"

"是的,我那时就觉得,恐怕事情会发展到这一步。"

"那你为什么不把那个任务交给我?我随时都可能会离开

你们的队伍。换句话说，我是这里可有可无的存在。而且之前我也并不在这支队伍里面。比起我，查伦女神更需要你们两个的保护。"

查伦女神马上答道。

（不，约翰，你还有属于你自己的任务。你不能死在这里。你必须活出你自己。你最应该做的，是代替格托里克斯活下去。）

"我不明白。我不理解，为什么格托里克斯死在了那里，而杀死了你哥哥的我，却还活在这儿。格托里克斯比我更应该活下去！"

（这不是谁应该活下去、谁应该死的问题。我们都要遵从自己灵魂声音的指引。）

"可是，无论如何我也觉得，与杀死了你哥哥的我相比，还是一直保护着你的格托里克斯更有活下去的价值！"

"不对，约翰。"韦辛盯着我说，"我们活着的价值有三种。"

"三种价值？"

"是的，三种。第一种是'创造'带来的价值。通过自己的行为创造出些什么。以你为例，你打败了加尔多斯和白帝，这些成绩本身，从某种意义上来说就是'创造'。"

"可我并没有创造出任何东西……"

"不。这也是价值,是你通过自己的行动而有所成就的价值。所以,从这个意义上来说,它也是'创造'。"

韦辛接着说:"第二种是'体验'带来的价值。你获得了自由的时候,都感受到了什么呢?你难道没有感知到森林,感知到树木,感知到太阳,感知到这个世界吗?"

我想起了自己奔出主人宅邸时感受到的森林和树木、微风和草原的气息,还有贝伦山和阿玛纳平原上壮丽的太阳和大自然奏出的交响乐,充满神秘的卢恩湖,被这些东西包裹着的无法言说的幸福感。

"是的。当你和这些东西融为一体的时候,你难道没有从灵魂深处感受到生的喜悦吗?这就是'体验'带来的价值。"

这就是"体验"的价值……

的确,那个时候,我发自内心地感到"活着真好!"。

"最后,第三种是'态度'带来的价值。"

"'态度'带来的价值?"

"是的。'态度'带来的价值。无论在什么情景下,都听从自己灵魂的声音,遵从自己灵魂的声音,永远自豪,永远充满爱。'这就是我',我存在(Being)。这就是'态度'带来的价值。"

韦辛平静而又自信地继续说着。

"即使已经无法'创造',即使已经无法'体验',直到最后一刻也依然可以推崇的普遍价值,这就是'态度'带来的价值。格托里克斯直到最后都坚持着'态度'带来的价值,用他自己的方式进入了最高境界。"

"……"

"所以,如果你不认同格托里克斯的行为以及这一行为带来的结果,就相当于不认同那家伙的'态度'带来的价值。这是非常可悲的。"

"……"

"加尔多斯和白帝也是一样。这一态度、姿态、生存方式,能够把我们引领到最具价值、最为崇高和神圣的境界之中。"

沉默了一会儿之后,查伦对我说。

(约翰,你要倾听自己灵魂的声音,在那声音的引领下勇敢前行。指引我们的明灯并不是身体的声音或自我的声音,而是灵魂的声音。)

"原来如此。"

(现在,让我们充满感激地,为格托里克斯的"灵魂"而祈祷吧。)

我们静静地闭上了眼睛,向格托里克斯的灵魂祈祷着。

格托里克斯,谢谢。真的谢谢你。

你虽然有点粗野,却是个最开心、最帅的家伙。

即使到了那个世界，也希望你能像以前那样豪爽，像以前那样开朗……

我结束了祈祷时，查伦缓缓抬头，平静地对我说。

（我必须过去。）

第七章

さとりをひらいた犬

最后一战

——万物为一

第七章 最后一战——万物为一

24

凯撒静静地坐在身负重伤的部下面前。他们明天一早就会被枪杀。凯撒选择了陪伴他们到最后一刻。

"司令官……不,凯撒……"马里乌斯说。

"马里乌斯……"

马里乌斯抬起头来,他的脸上全是已经凝固的血。

"凯撒,我们会被杀吗?"

"是……很遗憾,主人确实要这样做。"

凯撒低下头,避开了马里乌斯的目光。

"凯撒,救救我。我还不想死。我们从小就一直在一起,不是吗?求求你,帮帮我。"

"……"

"只是因为我受了点伤,不能再全力工作,我就非死不可吗?我过一段时间就能康复的!我到底做错了什么?"

"……"

"我帮了你很多,不是吗?凯撒……我们是兄弟,不是吗?"

"马里乌斯……不,大哥……对不起,大哥你也知道,在这种时候主人的命令是无法违背的。"

"别这么说,救救我!凯撒,你不是'皇帝'吗?你不是我的弟弟吗?你难道要杀死你的大哥吗?不要,我不想死!凯撒!救救我!"

周围那些身受重伤的猎犬被马里乌斯的声音所刺激,开始发出阵阵悲鸣。

嗷呜……嗷呜……

凯撒的心上几乎要裂开一个口子。

不知道是不是因为听到了这阵阵悲鸣,一个人类从帐篷里走了出来。

"吵死了!你们这些没用的狗!"

说完,那人类朝着漆黑的夜空放了两枪。

"砰、砰!"

枪声回荡在寂静的森林之中。猎犬们战战兢兢地闭上了嘴。那人类瞥见了凯撒,毫不掩饰自己的怒意,大步朝这边走来:"凯撒,这都是你的责任!都是因为你!这次的损失太大了!"

人类抬起猎枪,用枪托殴打凯撒的头部。凯撒其实可以非常轻易地躲开,但他却一动不动地定在原地,任凭自己被人类殴打,好像把这当作对自己的惩罚一样。

凯撒的右眼上方渗出血来。他直直地盯着人类。人类似乎被他的视线压制住了，只好说道："你这讨厌的狗，到底在想什么……我是看你还有用，才暂时留你一命。"

人类扔下这句话，转身回到了帐篷里。被人类丢下的凯撒对马里乌斯和其他猎犬同伴说："对不起。真的对不起。这是我的责任，是我的作战计划出了问题。这不是一句'对不起'就能解决的问题，但真的对不起。"

马里乌斯和其他负伤的猎犬对低着头的凯撒说："司令官，不，凯撒。你不要向我们道歉。我们一直为能够在你手下工作感到荣幸。"

"是的，凯撒，你是我们的骄傲。"

"司令官，都是因为你，我们才能成为传奇的。"

"大家……"

凯撒抬起头，看着身边的猎犬。同伴们的身上全都是凝固了的赤黑色血液。他们无力地倒在地上，气若游丝，等待着死亡……

凯撒的脑中，像走马灯一样浮现出和同伴们一起经历过的无限冒险和修罗场。马里乌斯也平静地说："凯撒，对不起。我刚刚失去了理智。不过，我还想再拜托你一件事。"

"什么？"

"一定，一定，不要忘了我们……"

"各位，我到死也不会忘记你们的。对我来说，你们也是我的骄傲。"

凯撒的心底涌起什么炽热的东西，眼泪夺眶而出。

"我向你们保证，我一定会替你们报仇的。我会把那些逃跑的家伙一个不剩地抓住的。"

"凯撒……"

马里乌斯和其他同伴也落下泪来。

凯撒泪眼蒙眬地环顾四周。不知何时，凯撒军团中的猎犬都聚集到了这里。

"各位……谢谢……真的对不起……"

东方渐白，长夜即将过去。

凯撒抬起头，望着哭累了睡着的同伴们。今天是这些同伴最后一次迎来朝阳了。凯撒像是要把这些即将受死的同伴一个个印在脑中似的，目光在他们脸上逐一划过。

我绝对，绝对，不会忘记你们的……

正在这时，凯撒突然察觉到在团队后方的杂草丛中有什么东西在动，于是将视线转了过去。

那是什么？

"约翰！"

我正站在那里。

"别、别出声！凯撒！"我压低了声音对凯撒说道。

凯撒盯着我说："约翰，你为什么会在这里？你是来笑话我的吗？"

"凯撒，我知道这里很危险。"

"那你为什么会来这儿？"

"查伦女神让我过来的，别问了。"

"什么？"

"她呀，实在是太顽固了。"我笑了笑，看向身后。

凯撒顺着我的目光看去。一匹银光闪闪的骏马和一头白狼静静地从草丛中现身。

"你……是你！你们要干什么！"凯撒的表情愈发凶狠，朝查伦问道。

查伦没有回答他的问题，而是向所有在场者的内心说道。

（接下来，我要将你们全都治愈。可以吗？）

凯撒惊讶地反问："为什么？我们刚刚还要把你们给杀了。而且那只独眼狼已经被我们杀了。你为什么要这么做？"

（因为，这是我的使命。）

"使命？什么使命？你为什么要这么做？我们可是敌人！"

凯撒充满敌意地盯着查伦。

查伦的回答沉静而又坚定。

（我们既不是敌人，也不是朋友。我就是你，你就是我。）

你们的伤就是我的伤。你们的痛苦就是我的痛苦。）

"你在说什么？我完全理解不了。即使你一定要这样做，我们也还是会猎捕你，还会追杀你的！"

（没关系。）

查伦毅然决然地说完，闭上了眼睛。之后，查伦身上发出的光越来越强烈。那不可思议的光将所有负伤倒地的猎犬全部包裹其中。凯撒睁大了眼睛，怔怔地看着眼前的一切。

不知道是不是因为同时治疗的猎犬太多了，查伦身上的光圈比我之前见过的几次都要大，光芒极为耀眼。而且，这光晕还在不停地变大、变亮。

凯撒仿佛要被查伦的光吸进去了。

疗伤的过程非常顺利。

突然，我听到稍远处人类的喊声。

"那……那是什么，那道光是什么！"

糟了，被人类发现了！

我猛地转向声源处，看到穿着睡衣的人类错愕地看向这边。

人类还没睡醒似的盯着光看了一会儿，突然像是反应过来似的高喊道：

"啊！是那匹马！"

那人连滚带爬地回到了帐篷里。

坏了！

"约翰！查伦女神就交给你了！"

韦辛越过我跑进了那个人类刚刚进入的帐篷，与我擦肩而过时，只留下这样一句话。

"啊！狼！救命！"

惨叫声回响在寂静的森林之中。人类从其他帐篷里纷纷钻了出来。他们都穿着睡衣，单手握枪，将韦辛所在的帐篷团团围住。

韦辛制造出的这起骚动，暂时避免了查伦被更多人类发现。

快……快一点！

我站在查伦身边，小心翼翼地观察着人类的动向。凯撒站了起来，昂首挺立，朝人类的方向望去。不过，他并没打算呼叫人类。

终于有一个人注意到了这边的情况。

"那是什么！马，那匹马在那儿！"

人类齐刷刷朝这边看过来。

查伦的治疗似乎还要再花上些时间。

人类一边口吐污言秽语，一边陆续离开了韦辛所在的帐篷，朝这边靠近。一共有五个人，都拿着枪。查伦还在治疗的过程中，完全无法行动。

怎么办？

再这样下去，查伦就会被人类打死的！

"第一小队，从右边开始发动进攻！瞄准他们的腿和枪！"

突然，凯撒的声音响起。在场的几条猎犬训练有素地朝人类跑去。

"第二小队，出发！"

凯撒冷静地发出指令。

"啊！这些狗怎么回事！"

猎犬们露出尖牙，狠狠咬住人们的四肢。

"快松口！好痛！"

"该死！这些狗！"

"砰！"

枪声回响在清晨寂静的森林之中。这一枪似乎是人类在混乱中放出的，子弹没有打中任何动物。

凯撒！

我和凯撒四目相对。凯撒轻轻点了点头，像是要寻找什么似的警觉地看向周围。

查伦还在替猎犬们疗伤，而她身后的草丛却突然动了起来。

有人在那儿！

草丛中有个人影闪过，那人还架好了枪。枪身直指查伦。

坏了！来不及了！

我刚想到这儿，眼前就蹿过一个黑色的影子。

"砰！"

又是一声枪声响起。

糟糕！

我回头看向还在发光的查伦，她还安然无恙。

可那支枪刚才明明瞄准了查伦！

查伦的身前，倒着一个黑色的影子。

是凯撒！

凯撒替查伦挡了一枪！

凯撒的口中涌出鲜血。他喊道："约翰！打起精神！从那家伙手里把枪夺卜来！"

"交给我吧！"

我朝人类冲了过去，狠狠咬住对方的腿。

"好痛！这疯狗！"

不知道是不是因为没时间装弹，人类挥舞着那支枪朝我袭来。

我的头顶被枪身砸中。

啊！

231

我眼前一黑,倒在地上。

在我朦胧的意识中,出现了查伦的身影。

查伦的……像春日微风一样的声音……

查伦的……充满慈爱的目光……

查伦的……微笑……

查伦的……跑起来时英姿飒爽的动人模样……

不允许!

绝不允许!

绝不允许人类伤害她!

我咬紧牙关,摇摇晃晃地站了起来。

人类架起枪瞄准了我。

"我就从你开始杀起吧!"

砰!

在人类扣动扳机的瞬间,凯撒咬住了他的腿。子弹射向了空中。

"痛!好痛!"

人类粗暴地踢向已经负伤的凯撒。凯撒的血溅了一地,滚了出去。

我抓住这个机会咬住了人类的胳膊,他终于松开了猎枪。

"混蛋!"

人类不断甩着胳膊,试图把我甩出去。

我决不能松口!

我的尖牙深深嵌入人类的胳膊里。

"啊啊啊……疯狗!"

人类从怀中掏出了短枪,朝我的胸口开了一枪。

"砰!"

我的胸口烫得像爆炸了一样。

不能松口!

绝对不能松口!

我在心中不断叫嚷着,就像在念咒一样。

不允许人类伤害她!

绝对不允许人类伤害她!

我要保护她!

一定要保护她!

"这一切都要结束了!"

人类再次抬起短枪,指向我的眉心。凯撒又一次咬上了人类的大腿。

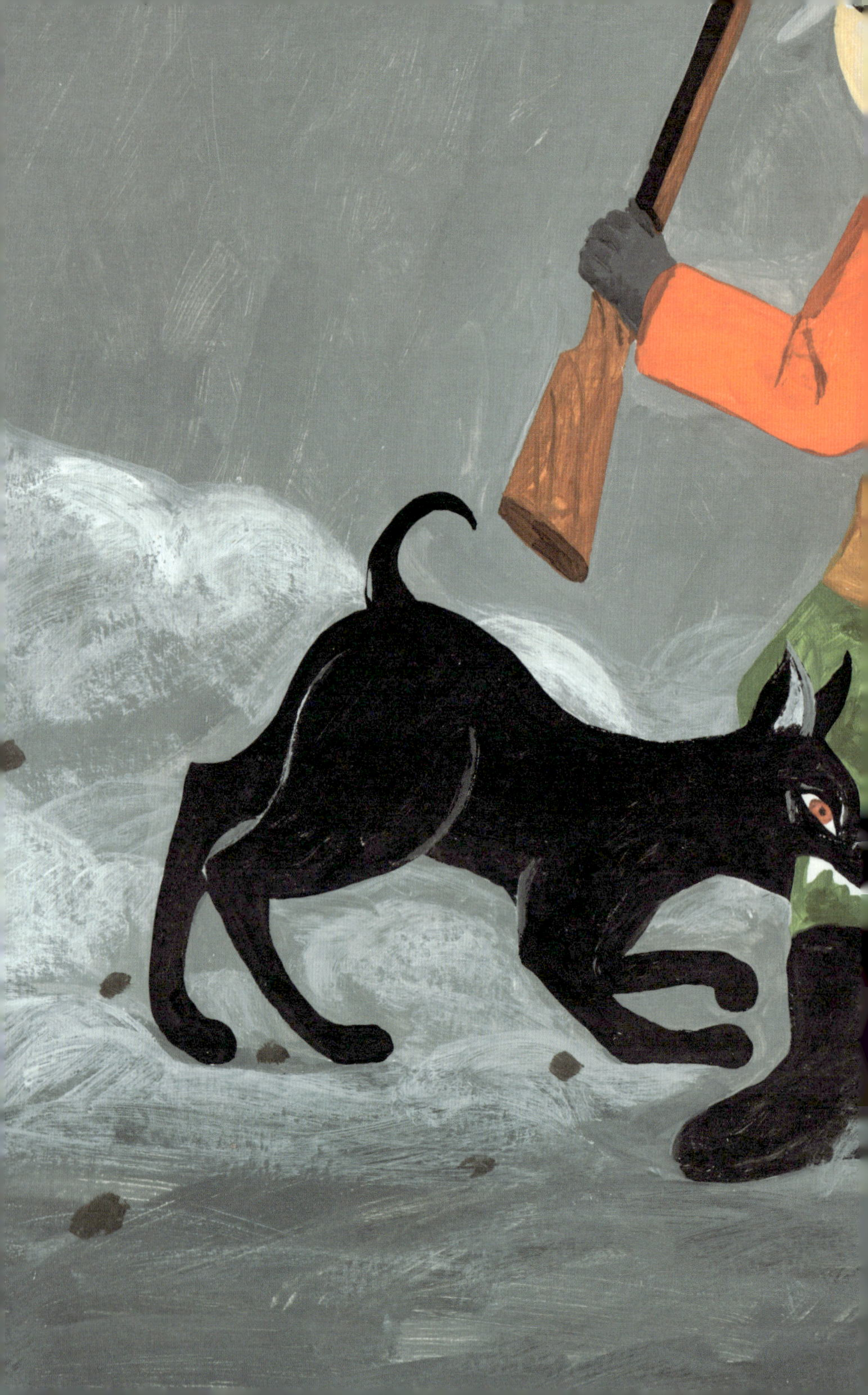

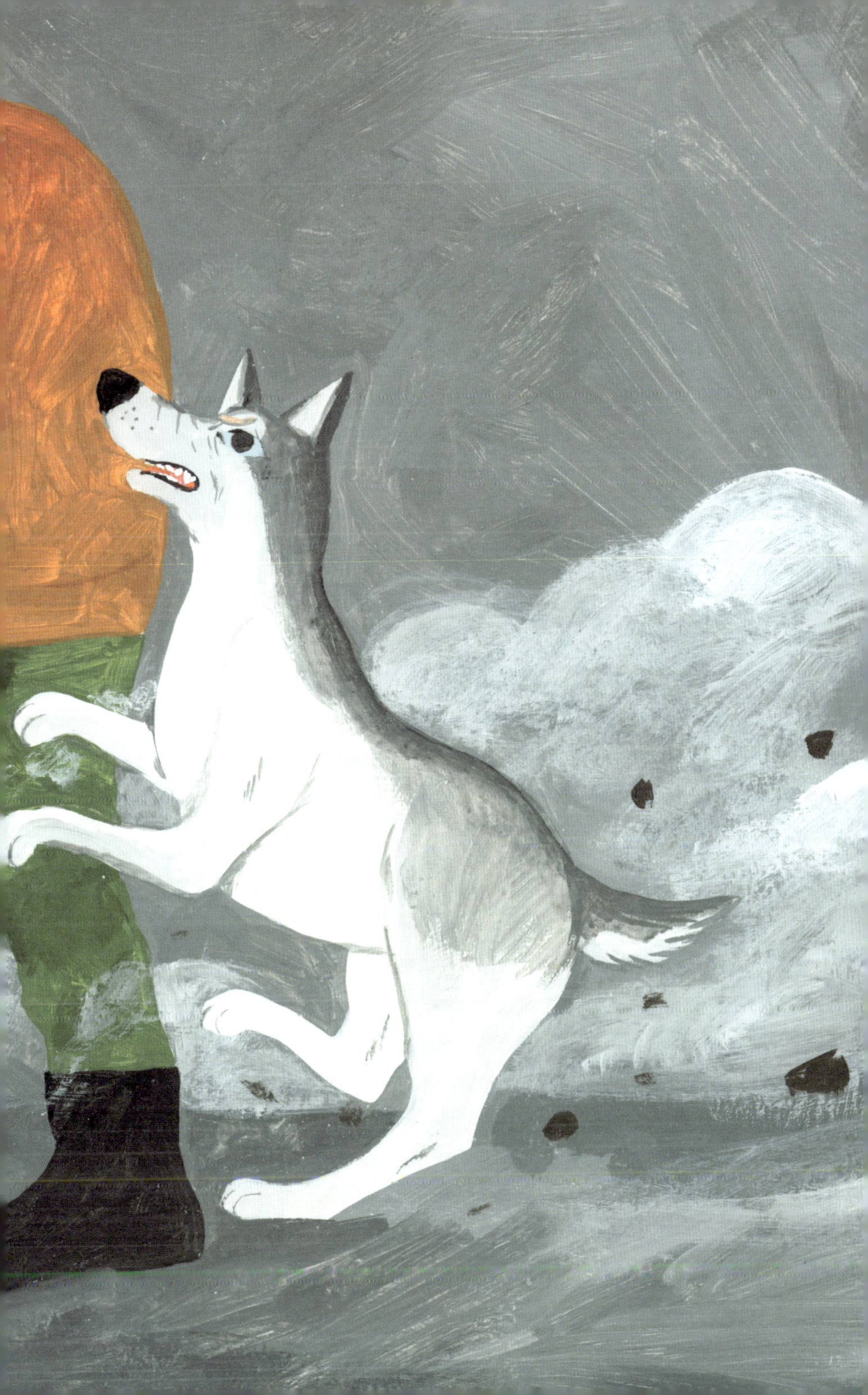

"砰!"

不知是不是因为被凯撒咬中、枪失了准头,我的右耳尖被打飞了出去。

"这……这家伙!"

人类一脚把凯撒踹飞,再次将枪口对准了我的胸口,叫道:"去死吧!"

枪声几乎把我的鼓膜震碎。与此同时,我闻到了火药的焦煳味,感受到了烈火焚身般的痛苦。我的胸口汩汩流出什么温热的东西。可我的尖牙却在人类的胳膊上刺得更深了。

不能松口……

死也不能松口……

我的意识越来越模糊。

我就要死了吗?

嗯,这一生真不赖……

我……满足了……

下一个瞬间,巨大的轰鸣声和咆哮声响起,大地为之震颤。林中树木被狂风连根拔起,我用余光看到了狂风制造出的景象,随后坠入一片黑暗之中。

25

当我醒过来时,我正漫步在美丽的草原上。

咦?怎么有点怪怪的?

明明刚刚我还在森林……

对了!查伦女神怎么样了?

我看向四周,但周围没有一个活物,只有一望无际的鲜绿青草像在讴歌生命一样,绽放着光芒。

哇!真好看!

不对,不对……这是哪里?

我不经意地往四周看去,发现小丘的另一边是一片美丽的花田。

真美啊……简直像在天堂一样……

嗯?天堂?

我愣在原地,咀嚼了一下自己刚刚说的话。

这里是天堂?果然我还是死了吗?

我连忙再次环视四周,又看了看自己立在地上的四条腿。我的腿还好好地立在美丽的青草上。

虽然还不太能搞清楚状况,但我还是决定到那边去看一看。

　　我漫步在花田当中。红色、黄色、橙色、紫色的美丽花朵几乎将小丘完全覆盖，散发出浓郁沁人的芳香。青草的湿度也很是宜人，让脚底倍感舒适。

　　如果这里不是天堂，那我必须把这个地方的存在告诉大家。

　　走了一会儿，我远远地看到了一条小溪。

　　离小溪越近，潺潺的水流声和清新的水香气就越明显。

　　走到小溪后，我跳进了浅滩。溪水很是清冽，让我心旷神怡。

　　好渴啊！

　　我大口大口地喝起溪水来。

　　好喝！

　　这里的水和我之前喝过的水都不一样，极为甘甜。我感到自己身体里的每一个细胞，都被注入了温暖的阳光和宇宙的能量。

　　这水太好喝了！

　　我抬起头，看向四周，发现对岸有什么东西在动。

　　有谁在那儿！

　　我朝那影子走去，想再看得清楚些。

小溪越来越深,我渐渐够不着底了,似乎只能游过去了……

刚想到这儿,从对岸传来一个声音:"别过来,约翰!"

那个声音充满了温暖与回忆。我赶忙看向声音的方向,那里正站着一匹狼。

啊,是达显!

那是达显!绝对没错!

"约翰,别过来,你不能到这里来。赶紧回到你来的岸上去。"

"达显?你是达显吗?"

我听从达显的话,回到了刚刚来时的岸上。

"达显,你走后发生了很多事情,我有很多话想对你说!"

达显温柔地笑了笑,满足地对我说道:"约翰,我都看到了。关于你的所有事,我都在这里看到了。"

"这里?"

"是的,这一侧。你应该也听说过吧?这条小溪就是有名的'三途川'。一旦你来到了这边,就再也无法回到那边去了。"

"所以,我已经死了?"

"是的。死了一半,但还有一半活着。"

"我还真是'半途而废'啊。"

"是啊,真是'半途而废'。"达显笑了笑,接着说,"约翰,你还不能到这边来。你还有要做的事情。"

"不,可我想马上就到那边去……"

"约翰,你灵魂的声音也是这么认为的吗?"

我抬起头,望向壮美而又广阔的天空,叩问自己的灵魂。

我的灵魂啊……我的灵魂啊……

不可思议的事情发生了——我很快就得到了答案,而且答案非常明确。

(接下来才是开始。)

接下来?

(是的,接下来。想死的话任何时候都可以死。但好不容易获得了身体和生命,来到了这个世界上,就必须活得更久一些,不是吗?想要体验更多东西,学习更多东西,尽情体验这个世界和自己,不是吗?这才是我出生的意义!)

"约翰,你听到自己灵魂的声音了吗?"

"听到了。听得很清楚。"

"太好了。只要你听到了灵魂的声音,我就放心了。"

"达显……"

"我会等着你的。等你到了这边,我再听你说话。因为这边并没有'时间'的概念,而且还有很多朋友。"

达显回过头。顺着达显的视线,我看到森林中冒出了很多熟悉的面孔。

第七章 最后一战——万物为一

"格托里克斯!"

"你好啊,约翰!谢谢你。你看,我还充满活力。"格托里克斯大笑着说。我仔细一看,发现他的左眼竟然完好无损。

"格托里克斯!你的左眼还在!"

"哈哈哈!"格托里克斯豪爽地笑道,"是啊。只有一只眼睛总觉得不太方便。而且我现在这副样子更威武了,不是吗?替我给查伦女神和韦辛那家伙带个好。"

在格托里克斯身后,站着一匹银光熠熠的高大骏马。

"白帝!"

"约翰,能和你这样说上话,我很开心。剩下的话,就等你到这边来之后再说吧。先回去替我给妹妹带个好。"

白帝说完,微笑了起来。在他身边,站着一匹像巨岩一样高壮的野猪。

"加尔多斯!"

加尔多斯用低沉的声音说道:"约翰,没想到你会到这里来……我很开心。真的很开心。有机会的话,给我老爹和安格斯带个好。"

"科泽和安格斯照顾了我很多。"

"是吗,那太好了。"

"白帝……加尔多斯……那个时候……我做了对不起你们的事情。"

241

"那个世界里的事已经结束了。别放在心上。"加尔多斯答道。

"可是……"

白帝像是为我解惑一样说:"一切都是必然。你居住的世界发生的所有事,都是彼此灵魂的计划。都是由体验而生的学习和游乐。我们就像是在彼此剧目中登场的演员一样。所以,在那边的世界里,就好好享受眼前的剧目。我也充分享受过那一幕幕故事,所以了无遗憾。"

"我也是。"加尔多斯接话说道。

"可是……"

加尔多斯继续说:"你给了我学习'选择'的机会。多亏了你,我才能倾听灵魂的声音,遵从灵魂的声音行动。"

"可是……"

"哎,你真是个固执的家伙。你听好了,约翰。"

我惊讶地看向加尔多斯。

"我原谅你了。你对我做的一切,我都原谅了。"

白帝也紧跟着说:"我也原谅你了。你带给我的一切,我都原谅了。"

"原谅……"

"约翰,你是我们的兄弟。我们是伙伴,是灵魂的伙伴。你好好想一想。"

"对，伙伴。"

加尔多斯和达显也异口同声地说。

我的胸口一下子温热起来，眼中落下了大滴大滴的泪珠。在我的心底，灵魂叫嚷道："是啊！是啊！快想一想！"

"就用你的泪水，洗刷掉所有自责的罪恶感吧。罪恶感毫无意义。"

白帝说完，加尔多斯接着说："罪恶感什么也不是，什么用也没有。"

达显用那双温柔的眼睛看着我。

等我渐渐收回眼泪时，心中却变得十分畅快，说道："各位，谢谢你们！我要回到我的世界去了。各位，后会有期。"

对面岸上的所有动物都对我温柔地点着头。

"我要出发了。再会。"

一瞬间，周围的景物开始翻涌，就像是被巨浪吞噬了一样。紧接着，我在一片如彩虹般灿烂灼目的光环当中高速穿行而过。

哇！

下一个瞬间，我朦胧地睁开眼睛，看到了一脸担忧的韦辛。

"哦？你醒了？"

26

"这……这里是……？"

"放心。这儿一个人类也没有。"

"我死了吗？"

"你被枪打中了,查伦女神又把你治好了。好险！你差点就没命了。就差一点。"

"是吗……"

"不过,遗憾的是……"

"什么？遗憾？"

"你的右耳没有长回来。"

韦辛说完,咧嘴笑了笑。我的右耳耳尖被子弹扯掉了。

"为什么人类都不见了？"

这时,我看到韦辛身边,有一条红黑色的巨腿。我条件反射般顺着那条腿往上看……

佐巴乔正满面笑意地看着我——笑得简直不像是平常的他。

"佐巴乔！"

"哟,约翰！"

"为什么你会在这里?"

佐巴乔看向停在自己肩膀上的猫头鹰。这只猫头鹰我好像在哪里见过。

"啊!你是那个时候的!"

没错,这只猫头鹰就是我从季卡尔前往雷谷都森林途中遇到的那只。

"没错,是我。我叫道奇。"

"对……道奇。但你为什么会在这儿?"

"说来话长,我在季卡尔遇到了一只名叫库约的老鼠。那个老家伙拜托我把佐巴乔带到这里来。"

"是库约!"

佐巴乔点了点头,接着说:"我已经把人类一个不剩地都赶跑了。"

我回想起自己失去意识前一刻感受到的东西。

原来是这样,原来那轰鸣般的叫声和暴风雨般的狂风,都是佐巴乔带来的!

"谢谢你,佐巴乔。"

佐巴乔一脸满足地点了点头:"我也是知恩图报的。那匹白马对我有恩。"

佐巴乔将视线投向了静静坐在一旁的查伦。

"查伦女神?"

"不错。你还记得我在西边森林里曾经吃过败仗吧？"

"记得。"

"在那之前，我一直被恐惧所支配，也一直因恐惧而活着。一旦自己把什么东西当作敌人，这种态度就会创造出真正的敌人。而这一循环会永远持续下去。我之前一直没有领悟到这一点，一直活在与恐惧做斗争的循环中。

"而让我从这个循环里解脱出来的，正是查伦的母亲。一旦看清了是什么东西将自己困在循环之中，就能从循环中解脱出来，得到自由。就像成熟的果实落向地面一样，自然而然。这并非是放弃，也没有纠结、抵抗、执着或抗争。当一束光射向黑暗时，黑暗就会消失。仅此而已。"

"果实落下……"

"是的。我顿悟了。与恐惧和不安正面对决并战胜它们的力量，不止勇气一种。还有另外一种巨大的力量。你还记得这句话吗？"

"记得。"

"现在，你知道这种力量是什么了吗，约翰？"

我闭上了眼睛。

战胜恐惧的……力量……

我的脑海中浮现出查伦的样子。

为什么？

为什么不会恐惧？

那个时候，我竟然会朝瞄准自己的敌人扑过去。

为什么我能做到这样的事？

我完全没有因不安而战栗，甚至没有刻意去"鼓足勇气"的感觉。没错，我那时非常自然，和平常一样，没有一丝犹豫……

我无意中抬起头，正和稍远处的查伦四目相对。

我的心中瞬间充满了温柔与慈爱，被一股巨大而又精微的能量所包裹。我身体深处涌起了什么东西，在胸口处与那股能量汇聚在一起，愈演愈烈。

爱！

没错……这是爱！

原来，这就是爱！

查伦欣慰地缓缓点头。

"我知道了，佐巴乔。是爱！"

"没错，是爱。"

佐巴乔对我的答案非常满意。他的鼻孔翕动着，深吸一口气又猛地呼了出来。

"爱，才是最强大的东西。"

"爱……最强大……"

"是的。所有的情感，追根溯源都会集中到两种根本的情感上面，那就是爱和恐惧。"

佐巴乔看着我："约翰，你知道你的行动源自哪种情感吗？"

"我的行动？"

"就是你为了保护查伦而采取的行动。"

对了，那个时候，我发疯一样跑了出去。我想保护查伦。即使拼上性命，我也要保护查伦。查伦的笑容，查伦的声音，查伦的姿态……她所有的一切都值得我舍身保护。

原来如此，原来那就是爱。

"可是，约翰，你现在只不过是远远瞥见了爱。你必须先了解真正的自己，才能感知到真正的爱。你一定会在下一段旅途中收获这些的。"

（感谢你保护了我，约翰。）

"不。查伦女神，我才应该感谢你。"

说完，我突然想起了清醒之前看到的景象。

美丽的草原，花田，沁人的溪水，还有……

"对了！韦辛，我见到了格托里克斯！"

"哦？约翰，原来你是瞥见了那边的世界……那家伙怎么样了？"

"格托里克斯他……还是那个格托里克斯。不过，他是有了左眼的格托里克斯。他笑着说，他现在的样子更加威武了。"

"哈哈哈！这像是那个家伙说的话。"

韦辛和佐巴乔，还有查伦，一起笑出了声。

"太好了。在那边他重新拥有左眼。那个……其实是我把他的左眼打坏的。"佐巴乔笑着说。

"什么？把格托里克斯左眼打坏的竟然是你？"

"是的，以前我们之间发生过很多事。"韦辛代替佐巴乔说道。他们对视了一眼，眼神中满是对过去的回忆与眷恋。

"对了，查伦女神，白帝让我给你带个好。"

我想起了和白帝的对话，鼻子一酸。

（谢谢你，约翰。你还见到了我的哥哥，太好了。）

查伦像是已经知道了我和白帝的聊天内容，朝我点了点头。

"对了，凯撒和其他猎犬怎么样了？"

韦辛用鼻子指了指稍远处的草原。

顺着他指的方向看去，凯撒的部下正围着什么东西坐在一起，一言不发。

过了一会儿。

伴随着欢呼雀跃，被他们围在中间的黑色猎犬站了起来。

那正是凯撒！

27

凯撒一步步朝这边走来。他的步伐略显虚浮,但眼神还是和往常一样锐利。凯撒的部下静静地目送着他独自朝我们走来。

凯撒在我们面前停了下来,看了我一眼,朝查伦开口道:"请允许我先向你道声谢。谢谢你救了我部下的性命,还有我的性命。谢谢!"

(我只是做了我能做的事情而已。我才要谢谢你们保护了我。)

查伦对凯撒军团中所有猎犬的心灵说道。

凯撒不解地问:"可是,你为什么要这样做呢?我无论如何也理解不了。你不怕在治好了我们之后,我们又会来攻击你吗?"

(我也想到过这种可能。)

"那究竟是为什么?"

(是因为"我"的存在。)

"'我'?"

(是的。因为那才是"我",是我灵魂的声音。)

"灵魂的声音……"我下意识地自言自语,"治愈敌人是灵

第七章 最后一战——万物为一

魂的声音?"

(这个世界上,既没有"敌人",也没有"朋友"。)

"你在说什么?这个世界就是弱肉强食。只有强者、优秀者才能活下去,而弱者、低劣者只会消失。为了活下去,我们必须胜利。必须打败敌人,让敌人消失。所有想要伤害自己的都是'敌人',不是吗!"

(凯撒,这个世界上没有敌人和朋友之分,也没有优秀和低劣之分。)

"胡说!你在说什么?那我问问你,如果你治好了我们,却又被我们杀死了,你又能怎样呢?"

(那就等发生了那样的事再说。就是这样,仅此而已。)

"一派胡言!"

查伦深吸了一口气才接着说。

(我们看到的、体验到的,只不过是宇宙中伟大存在的一部分而已。我们也是其中的一部分。我们的存在,比自己认为的、感受到的要大得多。)

(我们只不过是伟大存在呈现出的"个性"而已。)

"'个性'?"

(在遥远的过去,我们都是伟大的存在——这存在只有一个。)

"只有一个?"

（是的。我们都是从同一个存在中诞生出来的。）

（在永恒的时间长流中，某个时刻，那唯一的伟大存在，突然想要了解"自己"。）

"想要了解自己……"

（凯撒。你不也是因为想要了解自己，想要理解"自己"的存在，而一直努力生活的吗？）

"也许是吧。我确实想知道我能凭借自己走多远，以及我到底是谁。"

（凯撒，你能看到自己的脸吗？）

"脸……如果你说的是在水面、冰面，或者人类用的那种反光的板子上倒映出来的脸，那我是可以看到的，不过……"

（没错。如果我们要真正了解自己，那就必须借助外界的眼睛。）

"外界的眼睛？"

（为了从外部看到自己的脸，伟大的存在把自己分离了。换句话说，分成了观察者与被观察者两部分。分离之后，就能从外部观察自己，也就能更加深入地了解自己了。这样，关于伟大存在分离的故事，便正式开始了。）

"分离……"

（伟大存在分离为万事万物，成为万事万物。它在成为万事万物本身、收获体验的同时，也充满热情地从外部观察着万事万物,更加深入地了解自己。石块是怎样的存在?空气呢?植物呢?虫子呢?动物呢?泥土呢?白云呢?太阳呢?星星呢?……所有这一切,都是伟大存在为了认识自己而分离、诞生出来的,是伟大存在的一部分。)

"……"

(伟大存在在某个时刻成了你。)

"成了我?"

(也成了我。)

"……"

(是的,凯撒。你我都是伟大存在的一部分。)

"等等。我不太能理解……那为什么会有优劣之分呢?为什么会有胜负、生死呢?如果万物为一,那么世界应该是平等、公平的,不是吗?大家的脸上只有笑容,和平地共同生存,这种梦一样的童话世界只不过是幻想而已。"

(在真正的世界、真理的世界里,并没有优劣之分。也没有敌友之分。只有个性和职责的"不同",而没有你认为的那种优劣和胜败。因为追根溯源来看,万事万物都是同一个存在。我们这一个个存在,不过是伟大存在不同侧面的表现而已。)

"我不明白。我不理解。"

(那我问一问你,你的右腿和尾巴是一样的吗?)

"你在说什么?怎么可能一样呢?"

（那么，你的右腿和尾巴，哪个更优秀，哪个更低劣呢？）

"嗯，它们的职责不一样，不能用同一个标准来衡量。"

（那么，你的右腿和尾巴是你的一部分吗？）

"当然，它们都连接在我的躯干上。可是，这和你刚刚说的有什么关系呢？"

（我们就是右腿，是尾巴。我们都和伟大存在这一"本源"连接在一起。）

凯撒脸上的疑惑更深了。他偏着头表达自己的疑惑。

（从伟大存在这一整体出发，你就是右腿，我就是尾巴。不过，我们往往会忘记它们连在一起这个事实，误认为右腿和尾巴都是相互独立的存在。）

"分离……"

（换句话说，这就相当于你的右腿和尾巴相互争斗，相互杀戮。）

这样下去，迟早会死的……

（所以，伤害其他动物，就相当于伤害我们自己。）

"……"

（我被赋予了"治愈"这项特殊的能力。我的灵魂呐喊道："我要使用这项能力。"）

"可是……我们是敌人，不是吗？"

（我们是一体的。我治愈的是你，同时也是"我自己"。）

"我们是一体的……我……我不懂。"

"你这黑狗啊！换句话说，伤害其他动物，就相当于伤害我们自己。"佐巴乔对凯撒说道。

"你就是那个赤之魔兽吗？"

"曾有一个时期我被这样叫过。"

"可是……"我下意识地问道，"可是，凯撒，你也能听到吧？灵魂的声音！"

凯撒转过头来："灵魂的声音？"

"是啊，灵魂的声音。你听到了灵魂的声音，所以你才会扑到猎枪前面来保护查伦女神，不是吗？"

"的确……那个时候……"凯撒顿了顿，接着说，"那个时候，我听到有个声音对我说，'你必须这样做'。"

"那应该就是灵魂的声音。你也听到了！灵魂的声音！"

"那就是……灵魂的声音吗？"

韦辛说："一旦你听到了灵魂的声音，就再也无法违抗它了。一旦你听到了灵魂的声音，它就再也不会消失了。凯撒，你已经听到了灵魂的声音，你越是试图摆脱它就会越痛苦。"

"你对自己采取的行动后悔过吗？"佐巴乔向凯撒问道。

"后悔？不，我完全不后悔。"

"那么，你现在的心情是怎样的呢？"

"我的心情很好，神清气爽！"

"听从灵魂的声音而活,你就会一直有这样的心情,你就会一直是这样的存在。怎么样,感觉很好吧?"

"是的,很好。心情非常好。这也许是我这辈子第一次心情这么好。"

"这正是因为你没有听从自我的声音,而是听从了灵魂的声音。自我的声音会煽动你,让你陷入不安、恐惧、愤怒、执着、优越感或自卑感当中。但灵魂则不然。因为灵魂的本质是自由。"

凯撒对查伦说:"你以前曾经说过,我受了伤?"

(是的。我当时说你伤得太重,以至于必须攻击我们、伤害我们、杀戮我们才能得到治愈。)

"我现在好像有点明白了。也许我真的受了伤。"

"说说看。"佐巴乔问道。

"我不知道自己存在的理由,不知道自己活着的意义,也不知道自己出生是为了什么。我从小就一直在考虑这个问题,被其他猎犬当成个怪物。可是,某一个瞬间我下定了决心。为了驱散这种困惑,不,或许应该说是痛苦,我必须得到'最强者'的称号。我只有这一个选择。我为自己定下了活着的目的,那就是'我是为了成为最强者而生的'。我认为,当我成了最强者后,我或许就可以从这种困惑或痛苦中逃离。我试图在'我是最强者'的自我认同中,在他人对我'最强者'身份的认可中，在'我成了一个传说'的满足感中，寻找着存在的理由——而存在的理由，正是我所欠缺的东西。或许，我是希望通过成为最强者，来为自己填补上存在的理由。那头独眼狼说得对。"

"黑狗，你到底想怎么做呢？"

"我不知道。现在的我还不知道。"

韦辛说道："既然你不知道，那不妨去找找吧。"

（尽情做你喜欢的事情吧。第一件就是摆脱所谓的职责，让灵魂得到自由。）

"可是……"

凯撒担忧地看了看那些正望着自己的部下。

"可是什么？"

"我是部队的司令官，我有责任引导我的部下。"

（他们有他们要走的路。你要相信他们的灵魂。）

"凯撒，越是这种时候，你越要听从自己灵魂的声音。现在，闭上眼睛，问一问你自己的灵魂，'灵魂啊，你到底想怎么做呢？'"我忍不住对凯撒说道。

凯撒点了点头，静静地闭上了眼。

他紧闭着双眼。过了一会儿终于睁开眼说道："我要留在这里。我还没有完全理解你们说的话。但我知道，我灵魂的声音在喃喃自语，'我要留在这里，我想理解更深层次的东西'。

请允许我代替那头独眼狼来守护你吧。毕竟杀死他的是我,我有这个责任。"

"其他家伙呢?如果你已经决定了,我也可以把他们带到贝伦山去。"佐巴乔说道。

"谢谢你。我要问问他们。"

凯撒走回部下围成的圆圈当中,站在原地问道:"各位,请听好。我们这支最强部队,今天宣告解散。你们自由了。你们可以去做任何自己喜欢的事。可以回到人类那里,可以去旅行,可以和我一起留在这片森林,也可以和那头大熊一起去贝伦山。这都是你们的自由。"

"司令官,你别这么说……请发出指令吧!"

"刚刚的指令就是我最后的指令。接下来的生活里,你们要遵从自己的内心,而不是服从我。我还有一句话要说。和你们一起度过的日子,永远是我的骄傲。这并不是别离。我和你们约定,当我们都历经成长后,迟早会作为伙伴再会的。从现在开始,请别再叫我'司令官'了,叫我凯撒吧。"

"好吧,凯撒。我要和大熊一起去贝伦山。有谁要跟我一起去吗?"已经痊愈的马里乌斯说道,"虽然你比我小,但我一直承担着辅佐你的职责。所以,我要离开你,重新去发现我自己。"

于是,猎犬们大致分成了三队,分别是与凯撒一起留在森林的一队,与马里乌斯一起前往贝伦山的一队,还有踏上漫无目的旅程的一队。

我一直在一旁观望着这一切。佐巴乔缓步走来,说道:"约翰,上次我们分开后不久,就有一条叫加洛的猎犬和他的伙伴一起来找我。我和他们中的每一个都曾战斗过。"

"加洛?!"

"是的。"

"那加洛怎么样了?"

"现在,加洛正和他的伙伴一起,在我不在的这段时间里替我守护贝伦山。他真是个出色的队长。"

"是吗!太好了!"

"加洛让我给你带句话。'我们在高地再会吧,灵魂的朋友'。"

佐巴乔说完,又换上了满面的笑容——这真不像是平常的他。

我非常兴奋,忍不住呼啸起来。

嗷呜……嗷呜……

紧接着,像是在回应我似的,凯撒和他的伙伴,甚至连带韦辛一起,所有在场者都齐声呼啸起来。

嗷呜……嗷呜……

嗷呜……嗷呜……

那呼啸声中洋溢着阳光明快,就像我们在为新的开始而彼此庆贺一般。

第八章

さとりをひらいた犬

乌尔姆山

——真正的自己，真正的自由

28

那场战斗后又过了两周。人类离开后，森林重新恢复了宁静祥和。

"再会，约翰。你那时说的话，我认真听了。"

佐巴乔几天前就扭动着他壮硕的脊背，带着马里乌斯他们一起回贝伦山去了。

猎犬们自从那场战斗过后就分头行动，各自出发到自己想去的地方了。

而今天，则是我出发的日子。

朝阳熠熠生辉，映射在卢恩湖上。凯撒踏着沾满朝露的小草朝我走来。

"约翰，感谢你的照顾。相信下次咱们见面的时候，我能理解得比现在更多些。我是不会输给你的，迟早有一天，我也会遵从自己灵魂的声音到高地去。"

"凯撒，这不是什么比赛，所以'不会输给你'这句话可有点多余了。"

"啊，也对。我这个毛病好像还没改过来。"

凯撒尴尬地笑了笑。不过，我从他的笑容中并没有感受到从前的僵硬，取而代之的是柔和与从容。

"凯撒，查伦女神就交给你了。"

"放心，交给我吧。"

韦辛说："约翰，如果哪天你再次来到这片森林的话，一定要来找我聊天——作为灵魂的朋友。我期待那一天的到来。"

查伦一如既往地用温柔的声音对我的心灵说道。

（约翰，和你的相遇，既是我的运气，也是上天对我的恩宠。真的谢谢你。你从这里出发往西，一个月后就会遇到一座险峻的高山——乌尔姆山。那座山的山腰处有一棵大杉木，大家都叫它"奇尔切尔大杉"。那棵大杉木下，住着一只名叫"雷多鲁克"的老狼。他会告诉你去高地的路。）

"替我给雷多鲁克爷爷带个好吧。"韦辛说道。

"你们认识？"

"是的。在我还是个孩子的时候，他就已经是老爷爷了。我父亲还是个孩子的时候，他也已经是老爷爷了。我祖父还是个孩子的时候，他好像也已经是老爷爷了。据说一百多年前，他就已经是老爷爷了。"

"哦？"

我看向查伦、韦辛、凯撒他们，朝他们一一点了点头，接着抬起头说道："我要出发了。"

"约翰，加油！"

第八章 乌尔姆山——真正的自己，真正的自由

"遵从灵魂的声音，出发吧！"

（约翰，请出发吧。）

在我离开雷谷都森林后的两周里，视野前方那座巍峨的险山日益清晰起来。

那便是乌尔姆山……

我看着那直插天际的险峰，想象着那匹住在山腰的老狼的样子。

那会是一匹怎样的狼呢？

高地……高地会是一处怎样的地方呢？

那里的景色会很优美吗？

那里会有怎样的伙伴呢？

我想象着自己曾经见过的美景，描摹着高地的样子。

我想起了达显的话。

"生活在那里的，不只有我们狼族，还有像你一样曾经被人类饲养的家伙——他们都是来寻找真正的自己的。"

我想起了科泽的话：

"高地……那是我、达显，还有像你一样意识到真正的自己的动物，是我们会去寻找的地方。寻找真正的自己的旅行……寻找自由的旅行……这就是前往高地的旅行。"

我还想起了科泽说过的另一段话。

"即使踏上了寻找高地的旅途,也并不是所有动物都能到达目的地。只有理解了真正的自己和真正的自由的动物,才能找到那里。这就是'高地'。"

真正的自己,真正的自由……

我究竟能否顺利到达高地呢?

我是否能理解真正的自己和真正的自由呢?

发生了太多太多事。我经历了无数美丽的邂逅。是的,我变了。我已经不再是那个被人类饲养的我了。我感到,从我的内心深处涌起了一股又一股力量。

出发后又过了整整一个月,我来到了那座险山,山上布满了巨大而又坚硬的岩石。这座山的山腰处,立着"奇尔切尔大杉"。大杉下住着雷多鲁克。

出发!

我顺着崎岖的山路往山上爬去——这山路比我想象的还要崎岖艰辛。

我翻越一块巨大的岩石。

"啊,好险!"

我小心翼翼、颤颤巍巍地沿着这条崎岖难行的山路攀登着。

住在这种危险的地方,到底是一种怎样的生活?

有食物吗？

有家人吗？

而且，据说他从很久以前就是个老爷爷了……他到底有多老呢？

开始攀登的第二天，我终于爬完了那段崎岖的山路，眼前豁然开朗。

哇……

我忍不住停下了脚步。

一望无际的草原和美丽的湖泊出现在我眼前。湖面上倒映着美丽而又险峻的乌尔姆山，庄严的山峰和如镜面般的湖面营造出极为壮丽的景观，湖水清澈见底，美得几乎让人窒息。

我跑到湖边，用清澈冷冽的湖水润了润喉咙。

"啊，真好喝！"

湖水流过我的喉咙，渗入了我体内的每个细胞。我的整个身体都洋溢着清纯的水能量，喜悦异常。

咦？

我无意间抬起头，看到湖对岸正立着一棵大杉木。

那就是奇尔切尔大杉吗？

那株杉木长得十分高大，几乎与贝伦山上那棵大楠木高度相当。

出发！

我快马加鞭跑到大杉木前。在它那粗壮的树干根部附近，我看到了一个大小高度适宜的地洞。

莫非，这个地洞就是雷多鲁克的住处吗？

我朝地洞的入口扬声道："您好……请问有谁在这里吗？"

我竖起耳朵等待着地洞里传出回答。然而，我没有等到任何回答。于是我又问了一遍："您好！请问有谁在吗？！"

紧接着，我听到我的头顶，一个声音缓声说道："那里现在是空的。"

我连忙抬起头，看到在我头顶的树枝上，正有一头老狼静静地坐在那里。

"真……真是对不起。您就是雷多鲁克爷爷吗？"

老狼静静地盯着我，答道："唔……的确，大家叫我'雷多鲁克'。不过，雷多鲁克只是一个名字，一个称号，一个说法，一个单词而已。此处并不存在任何实态。"

老狼像是在考验我一样说了这番话，说完他便轻笑起来。我完全不明白他在说什么。

"雷多鲁克爷爷，您在那里做什么呢？"

雷多鲁克独自坐在树枝上。我望着他问道。

"我正在坐着。"

"什么？"

"哈哈哈……"

"雷多鲁克老爷爷,我可以过去吗?"

"可以。你过来吧。"

我几步就爬到了雷多鲁克正坐着的树枝上,尽管刚从山脚下爬上来,但还很有活力。

当我爬上雷多鲁克坐着的树枝后,雷多鲁克用鼻子指了指自己身边的位置:

"孩子,来,坐在那儿。"

在雷多鲁克身旁,有一处刚好够我坐下的空间。

"您好,雷多鲁克爷爷,我叫约翰。我是专门来拜访您的。"

"哦?是吗?"

说完,雷多鲁克便缄口不言,眯起了眼睛,将视线投向了眼前由湖面和倒影构成的壮丽而又庄严的景象。

我不时瞥向雷多鲁克。他的体型和我差不多大,在狼群中应该算体型较小的。他全身都覆盖着银色偏灰、闪闪发光的毛发。

和查伦那令人目眩的光芒不同,雷多鲁克身上的光,仿佛是镌刻了历史的银饰发出的光芒。他的眼神中充满温柔,很难想象这是一头狼的眼睛。

我只是坐在雷多鲁克身边,就能感受到一股莫大的安全感。

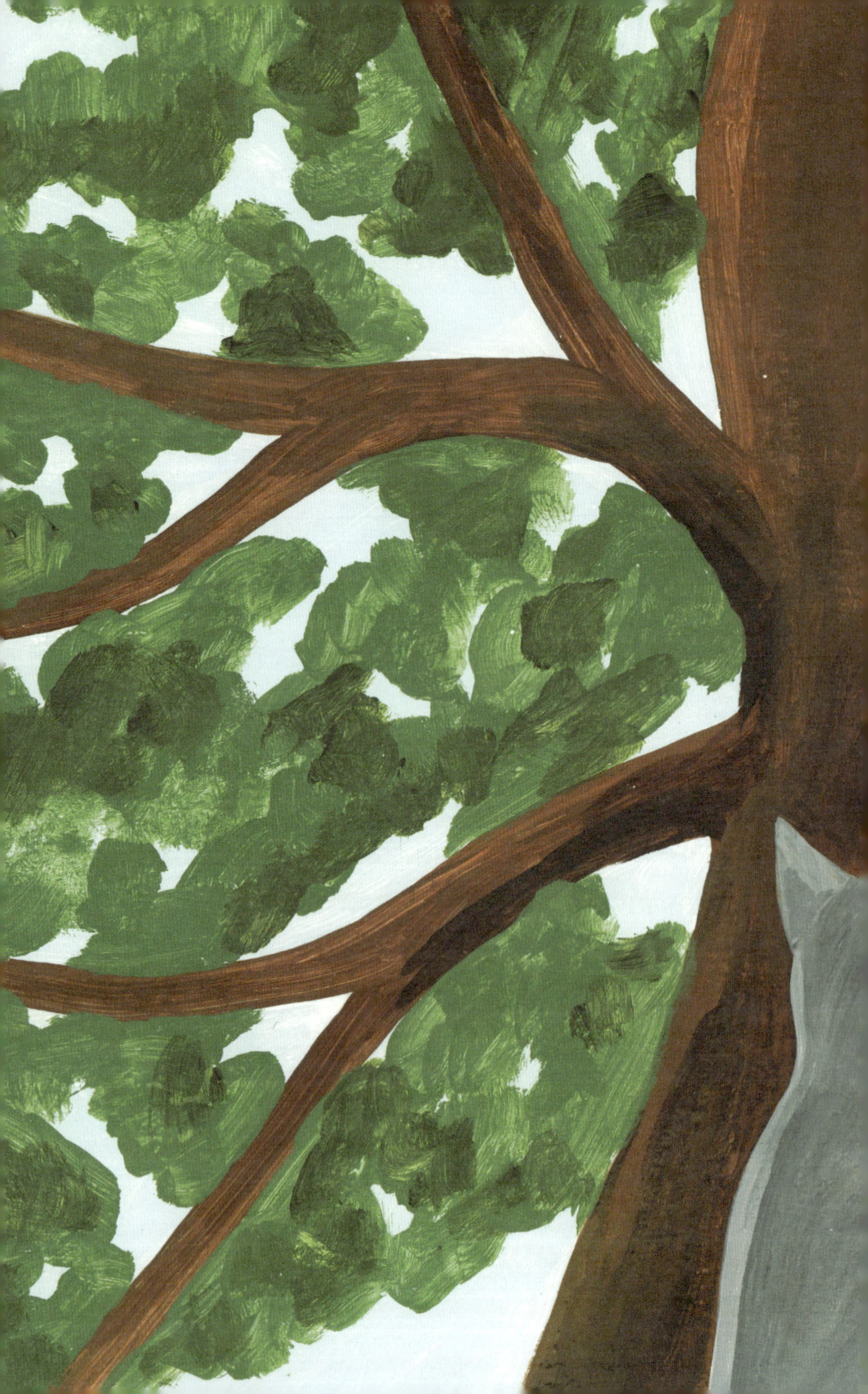

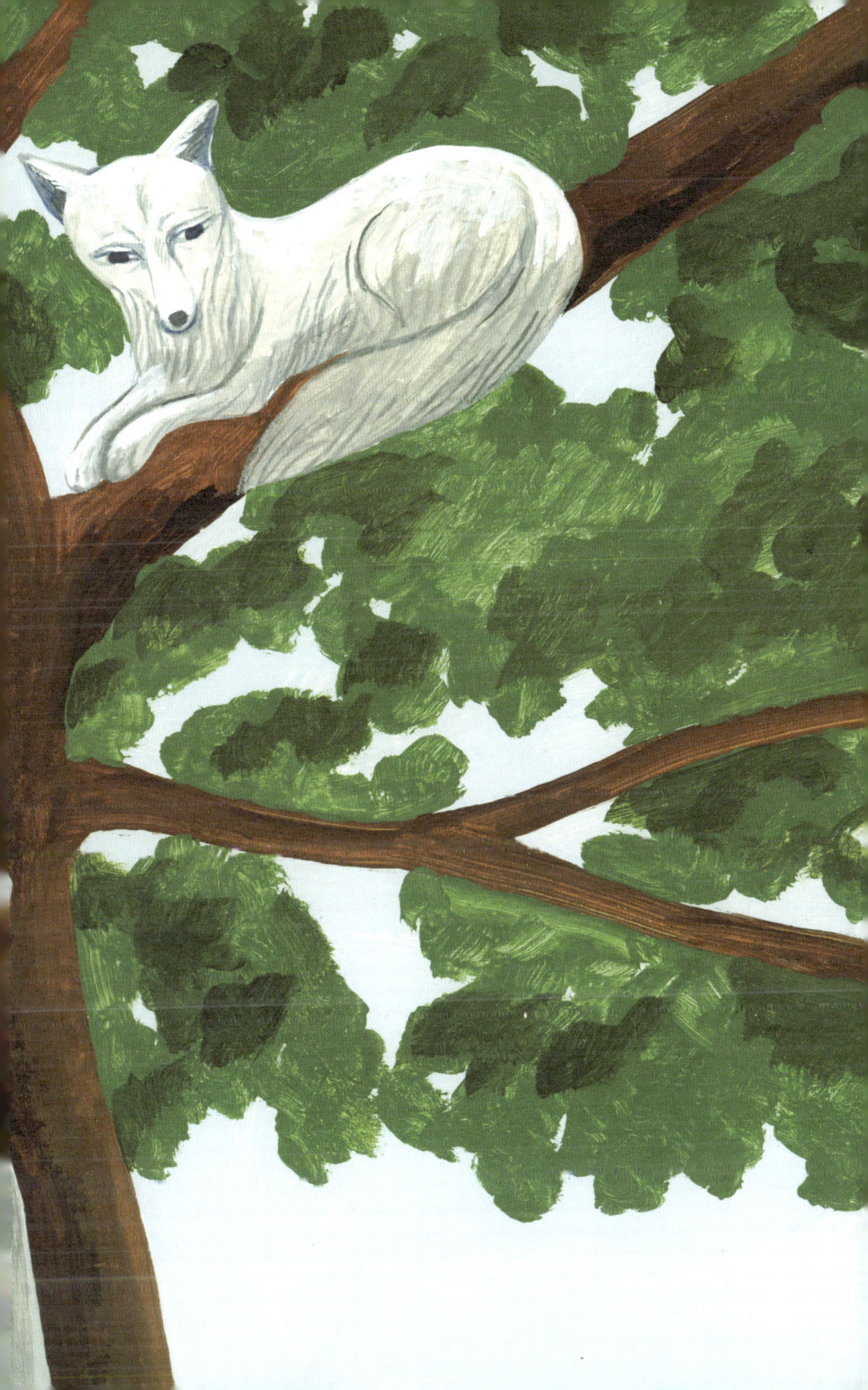

雷多鲁克几乎融进了这幅美景之中,和周围融为一体。

我也顺着他的视线,望向眼前的风景。

刚刚还明媚耀眼的太阳逐渐朝山下落去。明艳的黄色逐渐变成橙色,又渐渐变成青紫色,最后变成了深青色……光影的管弦乐团一刻不停地演绎出不同的变奏曲,营造出瞬息万变的景色。

哇……

太阳完全落山后,漫天繁星开始争先恐后地发光。现在是星星大合唱的舞台。

真美啊。

星星竟然这样低垂,几乎要坠落凡尘。

我甚至忘记了自己还和雷多鲁克待在一起,完全沉浸在大自然的光辉之中。

不知被这幅景色迷醉了多久,雷多鲁克终于缓缓转头看向我。我感知到他的视线,开口道:"雷多鲁克爷爷,我想向您请教去高地的路。"

"哦?高地?"

"是的,请告诉我去高地的路吧。"

雷多鲁克轻轻点了点头:"你为什么想去高地?"

"因为……我听说高地上聚集了一群拥有自由灵魂的动物。我还听说,那里有真正的自由。我觉得,高地肯定是一个很好的地方。"

"没错,那里的确很好。"

雷多鲁克果然知道去高地的路。我的心中愈发充满期待。

我终于要问到去高地的路了!

我终于能去了!去高地!

"请告诉我去高地的路吧。我要怎么做才能到达那里呢?"

雷多鲁克平静地说:"根本就没有高地这个地方。"

29

"什么?"

这是什么意思?

"没有高地这个地方?"

雷多鲁克平静地答道:"是的。世界上根本就没有高地这个地方。"

"可是,我之前遇到的达显、科泽、库约、查伦他们……"我一时语塞。

"哈哈哈,你一路上遇到的动物可真不少……"

"他们,他们都说高地!"我下意识地说道,可又不知道接下来该说些什么。

"如果你真的想了解高地,那不妨在这里多留几日。"

"您的意思是,高地还是存在的?"

"哈哈哈……"

雷多鲁克没有回答我的问题,而是大笑了起来。

"好,我留在这里。我一定要到高地去。我必须去!"

"知道了,知道了。真是个充满活力的孩子。哈哈哈。"

雷多鲁克温柔地微笑着:"今天就先休息吧。"

"好。"

虽然我答应了下来,但我的脑中还是回荡着雷多鲁克的话:"根本就没有'高地'这个地方……"

真的吗?

高地真的存在吗?

如果它确实不存在呢?

雷多鲁克是在考验我吗?

抑或是他在撒谎呢?

他是在逗我玩吗?

我已经完全搞不清楚状况了!

"今天就先回到地洞里,吃点东西然后睡吧。"雷多鲁克温柔地说。回到地洞后,不知何时,床边已经备好了芋头和栗子之类的食物。

是什么时候,是谁准备的?

我转过头,看到在树洞的一处角落里,松鼠和兔子正搬来果实。

"谢谢你们!"

"没事。我们也想帮帮忙。雷多鲁克爷爷虽然总是说些怪话,但他并没有老糊涂。加油!"

松树和兔子笑了笑,走出了洞穴。

大自然的大合唱已经停止了。我蜷起身子,卧在奇尔切尔大杉根部的地洞里。雷多鲁克似乎一直在树上眺望着星星。他的剪影被月光照亮,几乎和奇尔切尔大杉融为一体。

"早啊,昨晚睡好了吗?"

雷多鲁克的声音把我唤醒。不知道是不是因为登乌尔姆山的过程太过疲惫,我昨晚睡得很沉。

"啊,不好意思。早上好。"

"今天也是美好的一天。哈哈哈……"

我赶忙起身,爬上雷多鲁克身旁的树枝。

"雷多鲁克爷爷,您每天在这里做什么呢?"

"饿了就吃,困了就睡,渴了就喝。"

"什么?"我调整好心情重新问道,"我该怎么做才好呢?您能告诉我,我该做些什么吗?"

"这个嘛……什么都不做就行。"

"啊?"

"什么都不做就行。"

"什么都不做……"

"你就坐在我旁边。除此之外,没有需要你做的事。"

"好……不对不对,可是……"

"你不是想去高地吗?"

"是的……"

第八章　乌尔姆山——真正的自己，真正的自由

"那你就坐着。现在，坐在这儿。"

我爬到雷多鲁克身边，坐了下来。

为了到高地去，我得坐在这儿？

一直坐着，我哪里也去不了啊，不是吗？

我的脑中打满了问号。接着，雷多鲁克的声音响起："安静地坐着，看着你面前的一切。现在，就坐在这儿。"

我暂时驱散了脑中的问号。

可驱散也只是暂时。紧接着，我的脑中又涌现出更多疑问。

这么做到底有什么用？我坐在这儿，不只去不了高地，我哪里也去不了啊？

我大脑一片混乱，在心中自言自语道。突然，我注意到面前的景色是多么美丽。

这里果然是个好地方啊……

险峰和镜面般的湖面。一只鸟从我眼前掠过。是猫头鹰吗？说起来，道奇现在在做什么呢？那个时候，全仰仗道奇的帮助，大家才得以脱险。不过，库约不愧是预言家啊。诮奇的行动和佐巴乔的行动，他都预见到了。

时间悄然流逝。雷多鲁克问道："你现在在哪里？"

"我在这里，不过……"

"不，我不是问你的身体在哪里。我是问你的心去了哪里。"

啊……

看见那只鸟以后，我想起了道奇。之后，我又走马灯似的想起了很多事。

"你看，你的心并不在这儿，而是去了很远的地方。你这样是无法到高地去的。哈哈哈。"

能不能到高地去和我脑中在想些什么，这两件事之间到底有什么关系？

"'现在在哪里'这个问题，到底是什么意思？"

"你的问题用语言无法回答。所以，坐吧。"

"好……"

我已经彻底混乱了。

这到底是什么意思……

那天夜里，我正咬着橡实的时候，雷多鲁克突然开了口："今天怎么样？"

"嗯……老实说，我不太明白。"

"哦，是吗？这很重要。哈哈哈。"

"'不明白'这件事很重要？"我一脸惆怅地问道。

雷多鲁克没有回答我的问题，而是继续问我："对你来说，

第八章 乌尔姆山——真正的自己，真正的自由

自由是什么？"

"自由吗？嗯……自由是指，自己的行动可以不受任何动物的束缚，不受任何事情的束缚，可以想自己喜欢的事，说自己爱说的话，做自己想做的事。我很庆幸自己脱离人类获得了自由。自由万岁！"

"你说得不对。"

"不对？怎么会不对呢？当我被人类饲养的时候，我根本没有自由。所以我才想去高地，那里有真正的自由。"

"哈哈哈……"

雷多鲁克笑了起来。

"有什么可笑的？"

我越来越生气。我这是被他玩弄了吗？

"看来，你还不知道什么是真正的自由。"

"真正的自由？"

"先坐下吧。然后，你要直视自己的内心，守护自己的心灵，观察自己的思想。"

内心？心灵？思想？观察？

这到底是什么意思？

我还是不太明白，我只知道自己完全弄不懂这些东西。

次日，同样的剧情再度上演。

"坐吧。"

雷多鲁克说完,就在我身边半闭着眼睛,开始深呼吸。之后,他仿佛与奇尔切尔大杉和这整个空间融为一体。雷多鲁克存在的气息完全消失了。我虽然内心极为不解,但还是遵从了雷多鲁克的指示,坐下来眺望前方。

这样做到底有什么意义?

一直坐着,我哪里也去不了啊,不是吗?

我一步也无法前进啊……

我是不是被他捉弄了?

肯定是的。

这个老爷爷一定是在骗我玩的!

我脑中怀疑的声浪越来越高。这些声音几乎连在一起,一浪高过一浪地说个不停。就这样,夜幕悄然降临。我虽然一动也没动,但不知为何却万分劳累。

晚上,雷多鲁克朝我问道:"哈哈哈,你看起来很累啊。"

"不,我不累。毕竟我哪儿也没去啊。我一动也没动,怎么可能累呢?"

我的语气中带上了几分不耐烦。

"哈哈哈,好,好……"

"完全不好。"

雷多鲁克没有理会我,接着问道:"你是谁?"

"啊？我是约翰。之前不是跟您说过吗？"

什么嘛，他把我的名字给忘了？他是不是真的老糊涂了？

"不对。哈哈哈……"

"不对？我就是约翰啊。"

"那是你的名字，但那不是你。"

"啊？"

"你是名字吗？"

"不，我的名字确实是约翰，可是……"

"你刚出生的时候是没有名字的。早在你有名字以前，你就已经存在了。名字只是一个记号、一个称号而已。所以，你不是你的名字。真正的你是没有名字的。"

的确如此……

"那么，你是谁？"

"嗯……我从前是一条猎犬，为了去高地而跑了出来，经历了很多事，最后到了这里。"

"那是你的故事，但那不是你。"

"什么？故事？"

"是的，那是过去发生在你身上的一系列事件。那叫作'故事'。你是故事吗？"

的确，我不是故事。经历了这些故事的，才是我。

"那么，我拥有四条腿、被扯断的尾巴，还有锐利的尖牙。

对了,我的右耳尖也被扯掉了。"

"那是你的身体特征,但那不是你这个'存在'。"

"什么?我不明白。那么答案究竟是什么?我回答什么才算正确呢?我不知道该说些什么了。"

"我就知道你会这样。坐下来,问一问你自己吧。"

"问什么?"

"问问自己,'我是谁'。哈哈哈。"

"我是谁?"

"自己究竟是谁?试着寻找一下自己吧。"

"寻找自己?"

我已经完全混乱了,一点也不明白他的意思。

我现在就像是一条掉进迷茫之沼的小狗一样不知所措。

又一天的清晨终于来临。

"今天也是美好的一天,哈哈哈……"

今天的天气确实不错,但我完全不觉得这是美好的一天。

"又要坐着吗?"

"对,又要坐着。"

我再次在雷多鲁克身边坐下。

那一天也是,接下来的一天也是,我一直在重复着同一个动作。我心中的不满已经处在爆发的边缘。

第八章 乌尔姆山——真正的自己，真正的自由

到底要坐到什么时候……

这到底是什么意思，我完全不明白。

差不多得了！

我干脆离开这里吧。

不知从何时开始，我不再观察自己的内心，而是在心中不断诉说着自己的不平和不满。

我天天都在心中诉说着不平和不满，就这样，整整一个月的时间马上就要过去了。

"今天也是美好的一天，哈哈哈……"

雷多鲁克像往常一样，再次坐到了同一根树枝上。我在雷多鲁克身边坐下，终于忍不住问："雷多鲁克爷爷，我不明白自己每天都在做些什么。每天就这样坐着，我找不出任何意义。我必须到高地去。这是我和大家的约定。可是，我不知道要怎样才能过去。我很痛苦……"

雷多鲁克充满慈爱地看着我，说道："痛苦……好，好啊。你就盯着自己的痛苦看。站在痛苦之上眺望它。你要观察这份痛苦所发现的东西——它会是指引你前往高地的明灯。"

盯着痛苦看？

观察痛苦？

那一天，没错，我第一次注视自己的内心，注视自己的

痛苦。

　　这样做有什么用！哪里也去不了，不是吗？
　　我要到高地去。
　　我必须到高地去。
　　我和加洛约好了。
　　和佐巴乔、库约、韦辛他们也约好了……
　　如果我去不了高地，就无颜再见他们了。
　　雷多鲁克为什么只会干这些没用的事情呢？
　　太奇怪了。
　　我是不是被他给骗了？我是不是被他给耍了？
　　可是，就算我离开这里，接下来又该去哪里呢？
　　我不知道。
　　我到底该怎么做！
　　啊啊啊啊啊！

　　我的心在叫嚷着，不断诉说着不平，发着牢骚。
　　接下来……
　　一个"我"竟然从上方盯着另一个正在大声叫嚷着的"我"！
　　原来我的心灵是这样叫的，原来我的心灵是这样诉说不平

第八章 乌尔姆山——真正的自己，真正的自由

和不满的！

我从高山上眺望这片云海——这云海就是我的心。云海中飘起一片云彩。

那片云彩在大叫着："这样做有什么用！"

哦……原来我的不满是这样的……

我盯着那片云看了一会儿，它便沉入云海，消失得无影无踪。接着，另一片云彩又飘了过来。

"我到底该怎么做！"

那片云上写满了这句话。无数云彩次第出现又次第消失。我的脑中全是这些云彩，全是不平和不满的牢骚。

原来是这样。原来我的脑中已经被这种不平和不满的云彩塞满了。

不可思议的是，当我眺望着云出云落的景象时，我的痛苦竟然也消失了。这确实算得上一点发现。我第一次觉得，自己好像有点明白了。

"怎么样？你看到痛苦了吗？"

"看到了……虽然我还不是很明白，但刚刚有两个我。一个我在大声叫喊，另一个我则站在上面观察着前一个我。"

"哦？那你的心情怎么样？"

"这个嘛，没有之前那么痛苦了。或许应该说，我稍微抽

285

离出来一点,用一种'哦,原来你在说这些'的心情,眺望着那个痛苦叫嚷着的我。"

"哈哈哈,好啊,好啊。"

"这是什么意思?"

"我们都是由三种存在构成的。你应该从别人那里听到过类似的话吧?"

"身体、自我和灵魂。我知道。"

"是的。你说你很痛苦?"

"对。我很痛苦。"

"那么,你的三种存在里,是哪个感到痛苦呢?"

"这个嘛,不是身体。"

那么,就是自我或灵魂……可到底是哪个呢?

"我不知道。自我……不对,是自我和灵魂当中的一个……"

"哈哈哈,痛苦的是'谁',叫嚷的又是'谁',关于这一点你再好好观察一下。你要凭借自己的努力找到让你痛苦的那个本源来。"

"痛苦的本源?好的。"

次日,我更加仔细地观察起自己的内心。

我的内心总是在抱怨。

想去高地,却又去不了。

能不能告诉我该怎么去啊。

我已经受够了,还是回去吧,待在这儿一点用也没有。

雷多鲁克说的东西,我完全听不懂,也完全无法理解。

我做不到,我肯定做不到。

我去高地的愿望越是强烈,就越会感到愿望与现实之间的差距,我脑海中也就会涌起更多云彩。

这些云彩填满了我的大脑,我也越来越痛苦。我的身体逐渐变得僵硬,心脏也越跳越快。现在,马上,我就想跑到其他地方去。我的脑中满是云彩,黑云压境,已经见不到任何一点蓝天了。

突然,一道阳光穿透云层射了进来,蓝天骤然出现。那个瞬间,我从翻涌着的云层中穿了过去,用一种平静淡然的心情,从云层之上眺望着下面的一切。

这些正在抱怨的云就是我吗?这些云就是我正在寻找的我自己吗?抑或是,这些云就是雷多鲁克所说的我的"自我"?

夜里,我问雷多鲁克:"有一瞬间,我从痛苦的云层间穿了出去。虽然只有一瞬间。"

"哦?很好啊。那你知道什么是痛苦的本源了吗?"

痛苦的本源⋯⋯是那些云吗?

那些绝不是灵魂的声音。灵魂的声音不会如此痛苦。这么说，那些是自我的声音？

"是自我的声音吗？"

"你说你想去高地，那么想去高地的，究竟是你的哪一部分呢？如此执着的，究竟是你的哪一部分呢？"

"什么？执着？"

"是的。也可以说是紧抓着不放。"

"我没觉得自己很执着。"

"你想去高地，对吧？"

"是的。"

"这就是执着。当你想去的时候，当你的云彩叫嚷着'我必须去'的时候，你感受到什么呢？"

"痛苦……"

"那么，创造出痛苦的究竟是什么呢？"

"云彩……那是自我的声音吗？"

"哈哈哈，是的。你要好好观察它。"

观察自我？

这是什么意思？

"那么，这个观察着自我的你，究竟是谁呢？"

雷多鲁克笑道。

再接下来的一天，我开始比之前更加积极、更加认真地观察着自己的内心，观察着那些云彩。

我的内心，我的自我每天都要说很多话。它无时无刻不在说着什么。

这样根本没用。

我根本理解不了。

所以，还是早点去其他地方吧。

还是回到查伦那里去吧？

库约应该会用更加浅显易懂的语言告诉我吧？

这些云彩一块又一块地自动翻涌上来。我从云层之上观察着它们。有趣的是，这些句子还附带着影像，当句子出现时，我脑中也会同时出现查伦或库约的样子，就像我脑中有一块屏幕一样。而且，这些影像还会附带着感情。我的身体中涌动起难以言表的能量，越来越痛苦。

可是，当我不被云彩裹挟其间，而是从云层之上观察它们时，它们就会自然而然地随着时间而消逝。我观察着云起云灭，不知为何心情竟十分舒畅。

夜里，我把这种感受告诉雷多鲁克。他兴奋地说："好，很好啊。'自我'并不是你。"

"'自我'不是我？"

"是的。你能够观察到自我，能够从外部看到它，这就说明'自我'并不是你。"

"嗯？这是什么意思。"

"能够从外部看到一件东西，这就说明你和它并不是一体的。说明你们是彼此分离的。换句话说，你和'自我'是彼此分离的。再换句话说，你并不是'自我'。自我只是你的一部分，但那不是你。你不要一直紧盯着自我、被自我支配。"

"被自我支配的意思，是不是大脑中充满了自我说的话，被自我裹挟，心情变得非常糟糕？"

"是的。要学会正确地利用自我。这很重要。"

"还要正确地利用自我？"

"是的。因为自我也是一种非常重要的机能。如果没有自我，我们就无法生活。你会连自己的名字都记不住，而且根本没法走到这里。自我是帮助我们在这个世界上生活下去的重要机能。可是，如果我们的大脑在不知不觉间被自我支配，甚至误认为自我就是我们自己，那么就会被自我折腾得疲惫不堪。"

"被自我折腾……"

"当你的脑中满是自我的声音时，你感觉怎样呢？"

"很痛苦。"

"不错。痛苦由此诞生。"

"自我，是靠着否定眼前的整个世界来存在的。否定、抵抗、执着，由此产生出摩擦，所以我们会痛苦。"

这么说来，库约好像也说过类似的话。

"是的。当我们被头脑中的云彩困住时，就会觉得自己是极为渺小、凄惨的存在。就像是被关在一方狭窄的牢笼之中一样。"

"没错，自我会在我们的内心中制造出牢笼。如果误把自我说的话当作真实，那我们就只能看到那个世界。就会把自己关进那个世界当中。"

我突然想起了加洛。

加洛一直非常痛苦，认为不完美的自己毫无用处，甚至觉得自己应该早点去死。这是加洛的自我创造出的牢笼。在库约的帮助下，加洛才从牢笼当中解脱出来。

"另外，自我会向自身以外找寻幸福。为了填补自己的不满足感，自我会不断地在自身之外追求各种东西，想把各种东西都抓在手中，并为此而终生奔走。"

这说的就是凯撒。

"自我总是不安的、不满足的。所以，自我才会不断追求自身之外的东西，来填补这种感受，比如认可、赞赏、地位、名誉……"

原来如此。凯撒不知道自己存在的理由是什么，所以，他的自我一直在追求"成为最强大的传说"。原来是这样。

"此外，还有安心和安宁。不再感到恐惧、追求安心，这些东西其实都在自己之外。"

这说的是佐巴乔……

为了不再感到恐惧,为了得到安心,而陷入战斗的循环之中……原来是这样!

"自我所追求的,不仅仅是认可、名誉、安心这些东西。高地也是一样。"

"什么?"

"不断在自身之外寻找一处名为'高地'的理想之国,这也是一样的。"

"可是……我真的想到高地去。"

"当你紧握住这个信念时,你感觉如何呢?"

"痛苦……"

"让你痛苦的东西是什么呢?"

"难道……难道是'想去高地'的想法,是自我的这个想法吗?"

"哈哈哈,好啊,好啊。正是自我的执着,是对高地的执着。"

"执着……"

"是的。是自我带来的执着。如果你无法发现自己的执着,无法放弃这份执着,你永远也无法抵达高地。"

"永远也无法抵达高地……"

"不要追求什么。越是追求什么东西,你就会离它更远。不要去追求,而是去发现。不要去找寻,而是去发现。只有当你不把高地当一回事儿的时候,你才能到达高地。这可不是一件容易的事,哈哈哈。"

30

我已经在这里待了将近半年的时间了。

"今天也要继续坐好……"

"好的,师父。"

从那时起,我开始自然而然地称雷多鲁克为师父。

"乌尔姆山山腰处的这片空间,就是你。这片空间中出现的所有东西,湖泊、大杉、岩石,还有动物们,它们都是你心中浮现的东西。你并不是湖泊或大杉,更不是那些动物。你是容纳它们的空间。"

"空间吗?"

"是的。在'你'这片空间中,各种各样的东西会出现又消失。你是目击这一切的意识,是这一切发生的空间。"

"嗯……我不太明白……"

"你先感知一下自己内心中发生的事情,注视着它们。不要判断,不要抵抗,不要执着。你要允许它们以原本的样子而发生,而存在。你要做的,只有静静地注视着它们……你要做的,只有这一件事。接下来,就是等待。哈哈哈。"

"等待……等待什么呢?"

"哈哈哈，等它发生了，你自然就会明白了。现在你要做的是观察，用心观察——正在听、正在看的主体是谁？正在走路的是谁？停下来的是谁？坐着的是谁？躺着的是谁？你要观察这些东西。"

我好像越来越明白了。

我的心里有很多声音。"我饿了"，这是身体发出的声音。"我想放弃了"，这是自我发出的声音。另外，还有能量在我的身体中汩汩流淌发出的声音。

这些声音对我来说都很重要。我允许这些声音存在，感受这些声音的存在，同时还会试着从外部眺望自己。然后，在一个瞬间，我什么都听不见了。

在那一瞬间，我的脑中什么也没有。绝对的寂静。

在那一瞬间，我成为一切的背景。那种感觉，和我立于云海之上时感受到的充满了静谧与治愈的沉默一模一样。我并不是云，而是承载着、映衬着白云的青空。

这时，又有一片新的云彩涌了起来。

"我想去高地！我想早点去高地！"

我站在那片云的上方，静静地俯视着它。

"我想去高地！我必须到高地去！"

那片云彩不断地叫嚷着。

原来如此……

原来，这也是自我的声音……

自我的声音会不断在自身之外寻找自己的幸福……不仅是名誉和安心，还有成长和自由。

想要成长，想要自由，这种想法意味着我认为现在的自己还不够成熟，还不够自由。归根结底，这是因为"自我"觉得自己还有缺憾。如果到不了高地，就无法得到幸福……这也是因自我的不满足感而发出来的声音。

我盯着眼前的景象。过了一会儿，那片云彩便和其他云彩一样，消失在云海之中。我又恢复了安宁的寂静。

当我大口咀嚼着我的晚餐——芋头时，我过去遇到的所有朋友说过的话汇集在一起，凝聚成了一句话。

原来如此……

原来是这样！

佐巴乔说过："如果你想要得到真正的自由，就要看穿幻想。一定不要被幻想困住，成为幻想的奴隶。"

佐巴乔提到的幻想，就是脑中涌起的云彩的声音。

库约说过："你看到的世界，不过是你的自我创造出的幻想被放大后的产物而已，除此之外什么也不是，你明白吗？"

我把心中涌起的云彩，误当成了我自己。我一直在云层中彷徨。我一天不冲破自我之云，就会被这些云彩困住一天，就会把这些云彩创造出的幻影投射到我眼前的世界当中，像照镜子一样。我脑中的云彩创造出了我自己的现实世界。

所以，达显才会这样说："只有意识到什么是真正的自由的动物，才能抵达高地。"

他们……

他们都说着同样的话。

如果不知道真正的自由为何物，就永远无法抵达高地。

真正的自由……

真正的自由到底是什么？

不久，夜幕降临。

"你安静了很多呀，哈哈哈。"雷多鲁克对我说。

"是的……虽然很难用语言来表达我的想法，但我好像明白了什么。"

"没错。真正重要的东西，往往超越了语言。只能靠自己的体验来理解。"

"是的，师父。"

"你每天都一动不动地坐在那根树枝上，不会感到腰酸背痛吗？"

"会，很痛。但我知道，那是我身体的声音，那并不是我。"

"你每天什么都不做,哪里也不去,一直坐在这里,你会暗自抱怨些什么吗?"

"会,我抱怨了很多。但我知道,那是'自我'的声音,那并不是真正的我。"

"你曾经经历了很多冒险,现在却在这里做着这样的事。你能接受这种落差吗?"

"能。我知道,那是我的故事,那并不是真正的我。"

"你曾经想要到高地去,现在你怎么想呢?"

"我已经明白,那是'自我'的执着。"

"好啊。"

雷多鲁克满意地笑了笑:"如果你继续注视着自己的内心,那么自我迟早有一天会消退。自我会停止抱怨,完全停止。"

"自我会消退?"

"是的。会消退。会自然而然地消退。就像秋天枯叶从树枝上落下一样,自我也会自然而然地消退。之后……那件事就会'发生'。"

"那件事?"

"是的。约翰,把我下面说的三点刻进你的存在当中。"

"是,师父。"

"不要抵抗,不要判断,不要执着。你要做的,只有实事求是地观察自己的内心。"

"是。不要抵抗,不要判断,不要执着……只做好实事求是地观察自己的内心这一件事。"

"好,好啊……哈哈哈。"

自那天之后又过了半年时间,我依然日复一日地坐在树上。

我的内心也越来越平静。

某一天。

大雨倾盆而下。雨过天晴后,乌尔姆山上出现了一道美丽的彩虹。

看到彩虹的一瞬间,那件事"发生"了。

突然,周遭的高山湖泊的界线模糊起来。它们不再彼此分离,而是连接在一起,变成了一个整体。包括我在内的所有东西,全都连接在了一起。我也融入其中。

我并不是与树不同的存在,也不是与湖不同的存在。我们之间并没有界线。

我就是树,我也是湖。

我是鸟鸣,也是彩虹。

我与天地同一。

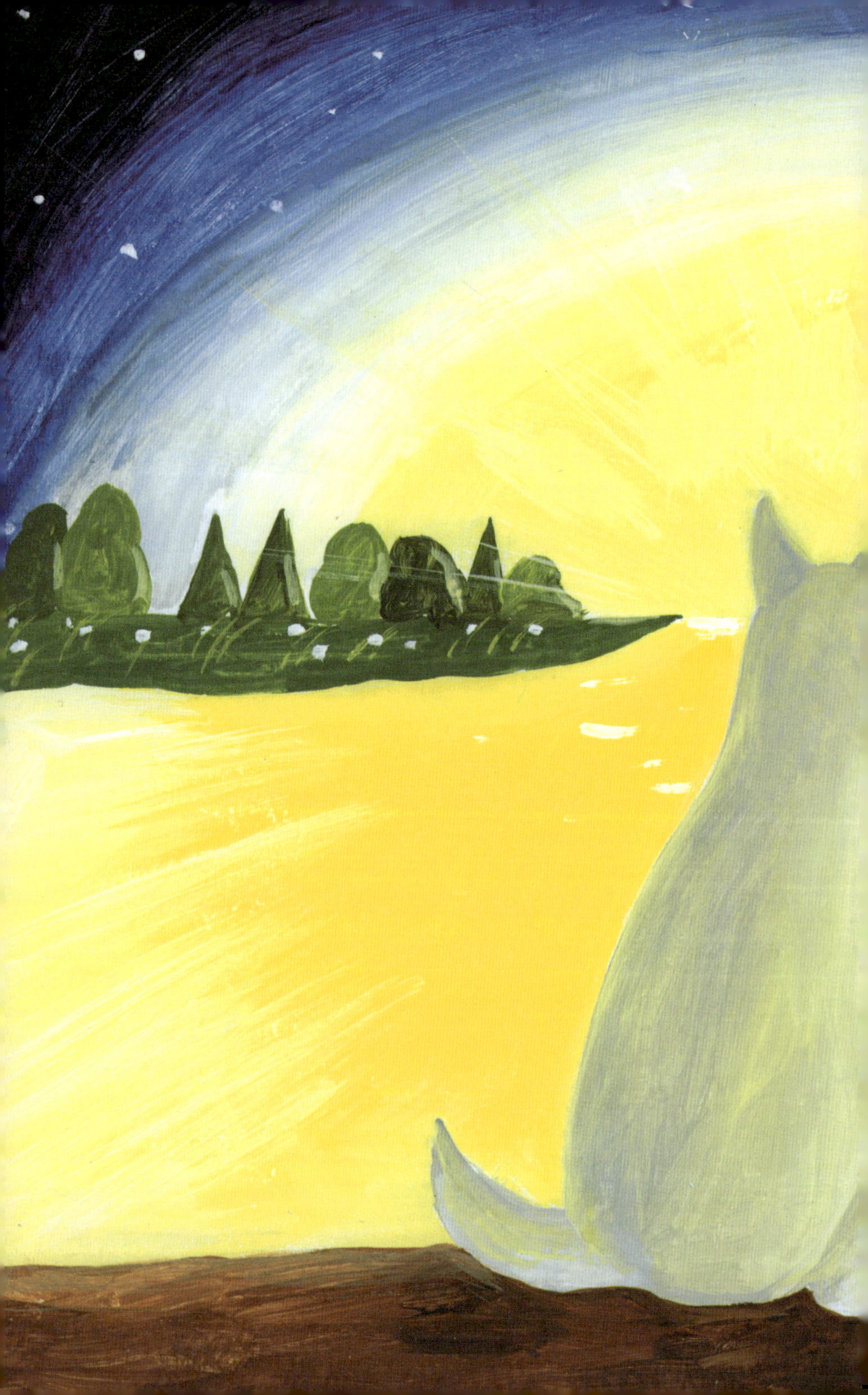

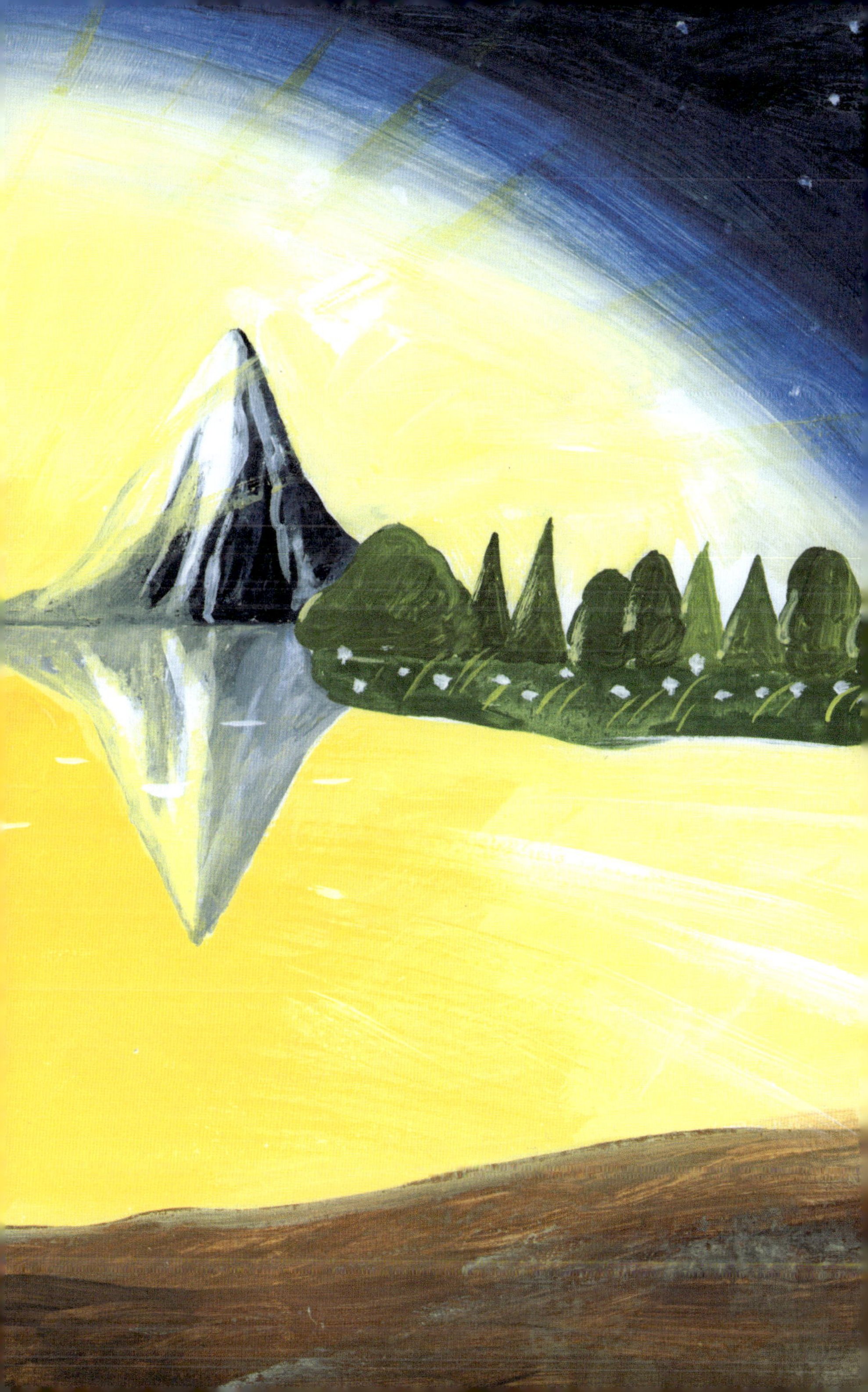

宇宙有生命!

宇宙在呼吸!

宇宙睁开了眼,意识到了万事万物。

一切都是崭新的,一切都是美好的,一切都是真实的,一切都是自由的,一切都在闪闪发光。

而且……

一切的一切,都是我!

我欢呼雀跃起来!

嗷呜!

嗷呜呜呜!

嗷呜呜呜呜呜!

31

"你终于做到了,哈哈哈。"

"师父,谢谢。"

"世上并没有一个名为'高地'的地方,你已经明白了吧?"

"明白了。"

"你说说看。"

"我就是高地。"

雷多鲁克欣喜地笑道:"所谓高地,你只能发现它,而不能到达它。你从一开始就已经在那儿了。只不过你没有意识到而已。请好好理解一下这句话。"

"是。"

"慢慢地深呼吸。触及自己的内心。"

我深吸了一口气。我和进入我体内的空气融为一体。我的意识纤尘不染,心情无比舒畅。

"你知道什么是真正的自由了吗?"

"知道了。真正的自由,并不是从自己之外得到的。身体的声音和自我的声音构成了'自己',真正的自由正是从这个

'自己'中得到的……这才是真正的自由。"

"没错。得到真正的自由,听到灵魂的声音。"

"灵魂的声音……"

"对,听一听灵魂的声音,跳一跳灵魂的舞步吧。这就是在高地的生活。"

"我明白了,谢谢。"

"哈哈哈……好,好啊……"

"师父,我可以问一个问题吗?"

"什么问题?"

"这……这就是'顿悟'吗?"

"哈哈哈……你又开始思考了。思考不过是遮蔽蓝天的云彩而已。概念、理论、框架,这些都是幻想,是自我的思考制造出的幻象。"

"幻想……幻象……"

"所谓'顿悟',是指你从身体、心灵、灵魂三个维度上,都知道'我并不存在'。"

"'知道我并不存在'?"

"你不是刚刚才体验过吗?哈哈哈……"

"啊……是的……"

"不只是大脑,不只是身体,不只是灵魂,而是三位一体的理解,这才是'顿悟'。"

"三位一体……"

"你听说过'开悟'这个词吗？"

"听说过。"

"你知道所谓'开'，是什么对什么打开了什么吗？"

"不知道。"

"是指对'那个它'——古往今来，所有到达了那最高境界的动物，都把它称为'那个它'。你也可以认为它是伟大存在，是整体，是宇宙。它是超越了语言的存在——总之，所谓的'开'，就是将'自己'让渡给'那个它'。"

"将'自己'让渡……"

"如果你真正领悟了'自己'并不存在，那么也就不存在让渡自己。因为那个时候，'我不存在'。'我'消失了，我变成了'那个它'。"

"变成了'那个它'……"

"你会通过三种存在，从心底里彻底领悟，'我'并不是分裂的个体，而是宇宙，是整体，是伟大存在，是'那个它'本身。这就是'顿悟'。"

"这就是'顿悟'……"

原来如此。

我刚刚亲身体会到了这一点。

"我们是'整体'的意识与'整体'的巨流，在'现在'

这个瞬间相遇的'接触点'。'巨流'与'意识'的相遇,这就是我们。"

"我们是'巨流'与'意识'相遇的'接触点'……"

"这就是'顿悟',是'觉醒',是意识到'真正的自己'。"

"嗯……"

"最后我再问你一个问题。"

"好的。"

"真正的自己是谁?你用自己的话说说看。"

"我试试。真正的自己,只有在获得了真正的自由之时,才会出现。不过……"

"哈哈哈。尽量说得详细点,再详细点……"

"是。嗯……当'身体'和'自我'都消失,我们与'灵魂'相接,获得了真正的自由时,我们才能成为真正的自己。可是到那时,'自己'已经不在了。'自己'已经消失了。"

"哈哈哈,对,对!当你成为真正的自己时,'自己'就会消失。"

"是。那个时候,我觉得我就是全世界,我就是世界本身。眼睛看到的东西,耳朵听到的东西,感受到的东西,思考的东西,所有我过去认为存在于自己之外的东西,它们都是一体的,都应该被爱。全部的全部,都是'那个它'本身。啊!听起来有点奇怪。但这确实是我的真实感受。我无法找出其他语言来形容这种感受。"

"哈哈哈……真正的自己感觉怎样呢?"

"感觉怎样?"

"嗯。"

那里没有我,但那里又全都是我。树木、湖泊、奇尔切尔大杉、松树、兔子,还有雷多鲁克,这些全都是我。"我"这一存在将此时此刻所有东西都涵盖其中。在这里,爱恋与慈悲像巨浪一样一波又一波地涌起。

那巨浪,那股贯穿了我整个身体的力量,转变成了语言,从我口中流泻而出。

"爱……爱……"

一瞬间,我的眼泪滴落下来。我被爱的巨浪吞噬,茫茫然不知所措。但与此同时,我又感受到了极乐。

"哈哈哈……"雷多鲁克说,"我们,是爱。"

朝阳升起。

在乌尔姆山的山腰上,奇尔切尔大杉的叶片在美丽朝阳的照射下闪闪发光。

"师父,我要走了。真的谢谢您。我会生活在高地的。"

"高地……那也只是一个记号,一个名字。你还是应该说超越了语言的那个词,'那个它'。"

"是。我会生活在'那个它'之中。"

"约翰,那你今后打算在'那个它'之中如何生活呢?"这是雷多鲁克第一次叫我的名字。

"我想将我理解到的东西分享给动物们。"

"哈哈哈,你的答案和达显一样。"雷多鲁克笑道。

"去吧,约翰。顺着'灵魂'所指的方向……活出超越'自己'的境界,让灵魂得以游乐。这个世界就是灵魂的游乐场。如果以后你遇到了什么事,欢迎随时回到这里来。"

"谢谢。"

我闭上了眼睛。

接下来我要去哪里呢?

我让自己的心灵回归寂静,开始静静地感受。我感到南边似乎略显温热。

好,那我就去南边!

"看来,你已经决定了。"

"是的,我要去南边。"

雷多鲁克缓缓点头。

"我要出发了!"

青空一片澄澈。湖面像是刚刚磨好的镜面一样,倒映出险峻的乌尔姆山。

湖面反射出的朝阳又投射到了我身上，让我的身体熠熠生辉。我把那光芒披在身上，化作了一阵风。

出 品 人：许　永
责任编辑：许宗华
选题策划：海　云
特邀编辑：何青泓
封面设计：刘晓昕
内文制作：万　雪
印制总监：蒋　波
发行总监：田峰峥

发　　行：北京创美汇品图书有限公司
发行热线：010-59799930
投稿信箱：cmsdbj@163.com